JN043281

「お帰りなさいませ、シュナイゼル兄上、そしてクルーゼ姉上」
「久しぶりだな、アルベルト」
シュナイゼル＝ディ＝サルーム
第一王子。サルーム第一部隊を率いる軍略家。

クルーゼ＝
ディ＝サルーム
第一王女。サルーム第二部隊を率いる
勇猛な将軍。
「大きくなったのう
アルベルト。
出迎えご苦労じゃ！」

「ま、まるくおす、どの……」
先ほどまでとは打って変わり、
虫の鳴くような声で
返事するクルーゼ。
「クルーゼ姉上はマルクオス団長に
仄かな恋心を抱いてるのさ。
……ってわざわざ言わなくても
わかるか」
こっそり耳打ちしてくる
アルベルト。
そうなのか。
全く気付かなかった。

「百華拳百八代目当主見習い改め免許皆伝、
タオ＝ユイファ。
只今参上ある！」

第七王子の
頼もしき仲間たち！

Tensei shitara dainana
ouji dattanode,
kimamani majyutsu wo
kiwame masu.

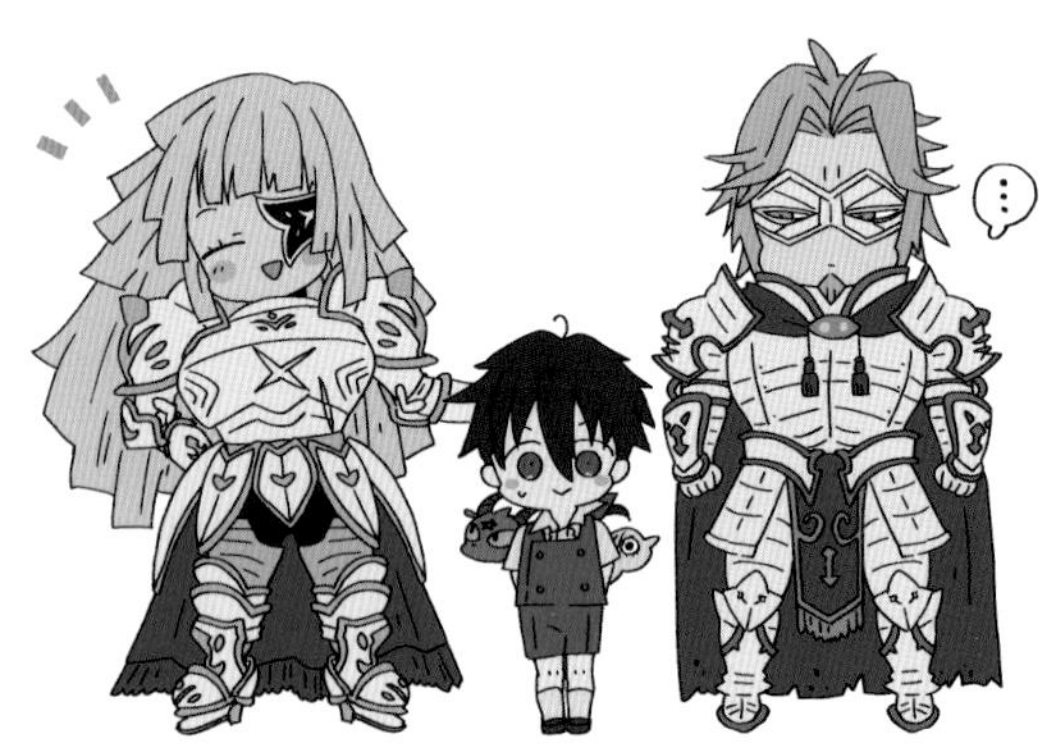

転生したら第七王子だったので、気ままに魔術を極めます

author
謙虚なサークル
illust. メル。

転生したら第七王子だったので、気ままに魔術を極めます5

謙虚なサークル

講談社ラノベ文庫

口絵・本文イラスト／メル。
デザイン／ＡＦＴＥＲＧＬＯＷ

俺はサルーム王国第七王子、ロイド＝ディ＝サルーム。

魔術大好きな十歳の少年だ。前世ではしがない貧乏魔術師で、当時初めて見る上位魔術に見惚れて迂闊にも防御を忘れてモロに喰らってしまい命を落とした。

気づけば転生していた俺は兄姉たちとは歳の離れた第七王子という事で王位継承権もなく、サルーム王である父親から自由に生きろと言われたのである。

というわけで気兼ねなく大好きな魔術を極めるべく、好奇心の赴くまま気ままに日々を送っているのだ。

王子という立場だけあって資金や書物には全く困っておらず、好き勝手にやらせて貰っているのだが、最近は周りの人間に妙に期待されている気がする……まぁ、きっと気のせいだよな。

魔術がちょっと好きなだけの地味で目立たない第七王子、それが俺の立ち位置である。


ぱら、ぱらと頁をめくる音が室内に響く。

今日は日課の読書中。最近は隣国バートラムとも繋がりが出来たことで、今まで手に入らなかった貴重な書籍も手に入るようになった。

しかもここ最近はメイドのシルファやよく世話を焼いてくれる第二王子のアルベルトが忙しいらしく、俺にかまっている暇がないようで特に自由にやらせてもらっている。

いやぁいいのかな。毎日部屋から出ずに貴重な本を読めて。何だか悪い気がしてくるぞ。

そんなことを考えながら新たな本を手に取ろうとすると、部屋の外から威勢のいい掛け声が聞こえてくるのに気づく。

「……そういえば今日はなんだか外が騒がしいな」

窓の外を見ると、兵士たちが城の外を走ったり、木剣で素振りしたりと訓練を行っていた。

その教官役を担っているのが銀髪のメイド、シルファだ。

俺の教育係兼世話係、更に騎士団長の娘でラングリス流剣術の使い手である。

「おや、シルファが兵士を鍛えてるじゃないか。珍しいこともあるもんだ」

いつもは俺の剣術の稽古や世話を焼くのにつきっきりなのだが、一体どういう風の吹き回しだろう。

首を傾げていると、俺の傍らで掃除をしていた褐色肌のメイドがため息を吐く。

「呆れた。やっと気づいたの？　ていうか今日じゃなくてここ最近ずうっとだよ。シルファさんは兵士たちの指導、アルベルト様や他の王子様たちもドタバタしてる」

彼女はレン、元は暗殺者ギルドに所属していたが、色々あってメイドとして働いている。

ノロワレという魔力の制御が出来ない体質なのだが、俺が身体に術式を刻んだことでコントロール可能となった。

本来は毒をまき散らす能力だったが、今はその制御も上手くなっており毒の成分を変化、配合量を調節し様々な薬も作れるようになっている。

こうして今俺に注がれている茶もその配合で作られた薬膳茶で、独特のいい匂いが部屋中に香る。

俺はそれを受け取り、くいっと唇を濡らす。

ふむ、また新しい薬の組み合わせか。……うん、いい味だ。腕を上げたな。

「で、なんでドタバタしてるんだ？」

「うそっ⁉　それも知らないの⁉」

レンは驚き目を丸くする。

ずっと本を読んでいたからなぁ。

ていうか何が起きてるか全く興味なかったしなぁ。

今のもなんとなく話のタネにしただけだしなぁ。

「……どうやら本当に知らないみたいね。呆れたというかロイドらしいというか……今サルーム王国は滅亡の危機に瀕しているって噂なんだよ？」

「そうなのか？」

「うん。大暴走ってあるよね」

「あぁ、魔物の大量発生による災害だろう。大きければ村を踏み荒らす事もあるとか」

「その超、超超超〜〜〜でっかいのが、今この国に迫っているんだよ。領地を踏み荒らすほどの！　それを防ぐために、皆ドタバタしてるの！」

レンは両手を広げ、それだけ大事なのだとアピールする。

ほう、大規模な大暴走か。

存在は知っているけど実際に見たことはないんだよな。

特定地域の魔力濃度が上がることで魔物たちが酩酊状態を引き起こし発生するとか、魔物の王的な存在が命じて起こるとか、他にも餌不足、進化の過程、危機からの離脱……諸説あるが本当の原因はわかっていない。

本来は群れず、長距離の移動をしない魔物の性質を狂わせる何か、ね。考えれば考えるほど気になってきたな。

「なんでそんな面白そうなことを教えてくれないんだよ」

「……言っておくけどボクは何度か説明してるからね。ロイドは聞いてなかったみたいだけど」

ムスッと頬を膨らませるレン。

言われてみれば数日前から、時々何か一生懸命訴えかけていた気がするようなしないような……ま、読書に集中していたのだ。仕方あるまい。

「ふむ、しかし領地を荒らされるのは困り物だな、心配だな。ちょっと行って見てくるかな。ふふふ」

「……何でニヤニヤしているの？」

おっと、口元が緩んでいたようだ。いかんいかん。


それは楽しみにもなるさ。大暴走（スタンピード）が起こる説の一つに魔物たちの内包魔力の異常変化、というのもある。

魔物たちの身体で何が起きているのか、はたまた他の要因があるのか、それを命じている謎の存在とか……なんにしても興味をそそられる。行かない理由がないというものだ。

「それじゃ、ちょっと行ってくる。誰かに聞かれたら適当に誤魔化しておいてくれ」

「うん、気を付けて」

レンに別れを告げ、部屋を出る。

北の方から来ているとか言ってたな。詳しい場所はわからないが、適当に飛べば遭遇するだろうか。


「国が危機とか言われているほど大規模なものなら、きっと見ただけでわかりやすぜ」

俺の掌（てのひら）にひょこっと口が生まれる。

こいつはグリモ、魔人だ。色々あって俺の手に住まわせている。

「ええ、観測されている中で最大の大暴走（スタンピード）は、地平を埋め尽くすほどと言われております。レンたんの言うことが本当であれば、探す必要すらないでしょう」

今度はもう片方の掌に生まれた口が言う。

こっちはジリエル、天使だ。やはり色々あって俺の手に住まわせている。

「あまりに雑な説明な気がしやすが……」

「ロイド様にとっては我らの扱いはこんなものでしょう」

何やら二人がブツブツ言っているが放置しておく。今はそれどころじゃないもんな。

「とにかく行ってみなけりゃな」

ワクワクしてきたぞ。はやる気持ちを抑えながら庭へ出る。

「おや、どこへ行くんだいロイド」

と、いきなりそこへ現れて声をかけてきたのは金髪のイケメン、サルーム第二王子——アルベルトだ。

まるで待っていたかのようなタイミングである。

「はっはっは、まるで待っていたようなタイミングだ、とでも思っている顔だね。さもありなん、実はロイドが城の外に出たらわかるように『追跡』の魔術をかけていたのさ」

「なんと……そうだったんですか？」

特定の相手に魔力印を穿ち、その流れを監視する『追跡』はそれなりに難易度の高い魔術だが、城内でも最高レベルの魔術師であるアルベルトならそれくらいワケはないだろう。

しかも読書に夢中だったとはいえ俺が気づかないとは、かなり巧みな術式を組んだようである。

「最近のロイドは魔術師としてかなりのレベルになっているからね、ふふふ、ひと月もかけた術式さ。気づかなかっただろう？」

「ええ、全く……」

本を読むのに夢中だったからな。

集中しているとシルファやレンが近くにいてもよく存在を忘れる程だからな。

うーんそれにしても見事な隠蔽術式だ。よく見ないとわからないぞ。

「しかし何故俺にそんなことを？」

「ロイドが大暴走（スタンピード）のことを知ったら、すぐにでも飛び出していくだろうと思ってね。悪いが黙って仕掛けさせてもらったんだ」

俺の性格を読まれていただと……？

地味な魔術好きの子供として、ひっそり生きてきたはずなのになんてことだ。

動揺する俺を見て、アルベルトは微笑を浮かべる。


「以前にも誰に知らせることなく、こっそり城を抜け出しては難事を解決してきたお前のことだ。国に危機が迫っているとなれば、黙ってはいられないだろう。だからお前の耳には入れないようにしていたのだよ。しかし今回ばかりはそうはいかない。如何にロイドと言えどあまりに危険すぎる」

「え、えーと……あはは……」

今までもただ面白そうだったから行ってただけなんだが。

すごく勘違いされているが、言い訳したら逆にドツボにハマりそうだし笑って誤魔化しておこう。

「地平を埋め尽くすほどの魔物が森を食い荒らし、村を踏み潰しながらサルームに向かっている。間違いなく過去に例のないほどの大暴走(スタンピード)だ。今回ばかりはお前一人に背負わせることは出来ないよ。だが何も案ずることはない。ロイド、お前とゼロフ(第三王子)が共同開発した飛行ゴーレムのおかげで大暴走(スタンピード)の起こりを早期に発見出来たし、ディアン(第四王子)率いる職人たちが魔剣を大量に製造してくれている。それと並行して練兵も進めているのだ。皆が力を合わせればこの国難、必ず乗り切れるさ！」

白い歯を見せ爽やかに笑うアルベルト。

なんというイケメンスマイル、女性兵士たちがキャーキャー言っている。

「――それに、もうすぐあの人たちが帰ってきてくれるからね」

「あの人たち？」

俺が首を傾げていると、兵士が割って入って来た。

「アルベルト様！　大変でございます！」

血相変えた兵士がアルベルトの元へ駆け寄り、跪(ひざまず)く。

「どうした。騒々しいぞ」

「ま、魔物どもが現れました！」

「なにっ!?」


わああああ！　と門の方で声が上がる。

「来い！　ロイド！」

アルベルトに手を掴（つか）まれ、『飛翔（ひしょう）』で飛ぶ。

城門の上に降り立った俺たちの眼下には、大量の魔物が見えた。


「な……大暴走（スタンピード）によって集まった魔物たちは、まだ相当遠くにいるはず……！　何故城の近くにいるのだ！」

それを見たアルベルトは声を荒らげる。

兵士たちも突然の魔物の出現に右往左往しているようだ。


「大暴走（スタンピード）は広範囲の魔物の群れを取り込みながら、どんどん大きく成長する……言うだけの規模なら、この辺りの魔物どもがアテられて大暴走（スタンピード）しても不思議じゃあないですぜ！」

「まっすぐ城に向かってきますね……逃げ遅れた民もいます。マズいですよロイド様！」

グリモとジリエルの言葉に頷く。

魔物の群れは千近くはいるだろうか。城外にはまだ民が残っており、門の周囲も混乱の最中だ。このままでは大きな犠牲が出るだろう。

――仕方ない。実力を知られたくないなんて言ってる場合ではないな。ここは俺がどうにかするしかないか。

強めの魔術でぶっ飛ばせば、被害は最小限に抑えられる。

ここから撃てば俺の仕業とはバレないだろう。

疑われたら偶然天変地異が起きたのでは？　とか言って誤魔化しておこう。……流石に苦しいかもしれないが、ええい悩んでいる時間はない。

「■――」

呪文を唱えかけた、その時である。

どおおおおん！　と魔物の群れが吹き飛んだ。

何だ？　俺はまだ何もしてないぞ。

「な、何事だ⁉」

「騎馬隊です！　数十騎の騎馬隊がこちらに向かっています！」

兵士の指差す先、馬に乗った騎士の塊が土煙を上げながら駆けてくるのが見える。

数十騎の騎馬隊が二つ、片方は魔物の群れを吹き飛ばしながら中央突破をしかけており、もう片方は城を守るように魔物たちの進攻方向へと回り込んでいた。

流れるような兵の動き、相当訓練されているようだ。とはいえ——

「おいおい……挟撃、といえば聞こえはいいが、あまりに数が違いすぎるぜ。あのままじゃ突破されてしまうぞ」

「それにもうここまで入り乱れると、ロイド様が攻撃出来ない。見守るしかありませんね」

固唾を飲んで見守るグリモとジリエル。

そんな心配を他所に、二つの部隊は魔物の群れを包囲し始めていた。

いや、この数の差で包囲というのもおかしいのだが……ともかく、目まぐるしく隊列を変えながら魔物の数を瞬く間に減らしていく。

「うおっ⁉　魔物どもの前方に回り込んだあの部隊、相対した瞬間に一部分だけ力を抜き、突出した敵を包囲しやがった！　しかもその優位に固執することなく、柔軟に陣形を変えて対応してやがる。個々の力もさる事ながらあの指揮官、何回指示出してんだよ。まるで戦場全てが見えているようだぜ」

「追撃してる部隊も半端ではないですよ。敵の弱点を食い破るかのような野性的な動き。魔物の群れの中にいながらも縦横無尽に駆け回り、けして囲まれる事なく敵を削り続けている。特筆すべきは指揮官の攻撃力！　御覧なさい、大剣を一振りするたびに敵が吹き飛んでいます」

ふーむ、戦いにはあまり興味がない俺でも惚れ惚れするような戦いぶりだ。

魔物が抜けて来たらこっそり魔術で倒そうかと思っていたが、その心配すらなさそうである。

二つの部隊とまみえた魔物の群れはあっという間に数を減らし、気づけば散り散りになっていった。

それを見届けた後、二つの部隊はこちらへと顔を向ける。

「あの鎧兜……サルーム第一部隊と第二部隊だぞ！」

「おおおっ！　帰ってきてくださったのか！」

「何というタイミングだ！」

兵士たちの間で大歓声が上がる。

すごい盛り上がりようだ。これがアルベルトの言っていたあの人たち、とやらだろうか。

「アルベルト兄さん、あれは何者ですか？」

「あぁ、ロイドは知らないんだね。二人はいつも忙しくしているから……ちょうどいい、紹介してあげよう。出迎えに行こうか」

俺たちが門から降りると、丁度二つの部隊が蹄を鳴らしながら門へと辿り着いた。

アルベルトはその先頭に立つ人物の前に進み出る。

傷だらけの全身鎧を着た二人は馬に乗っていることを差し引いても背が高く、片方は凄まじい長さの矛を、もう片方は凄まじく大きな剣を携えている。

逆光で顔はよく見えないが、相当強そうな雰囲気を放っていた。

「何つー迫力だよ。とても人間とは思えねぇ……」

「えぇ、凄まじい威圧感です。只者ではありません……」

グリモとジリエルもその二人を見てビビっている。

確かにこの二人、すごく強そうだ。なのに妙なのは、全く魔力を感じないところである。

普通の人間でも多少は魔力があるものなのだが、一体……？

「おかえりなさいませ。シュナイゼル兄上、そしてクルーゼ姉上」

「うむ」

アルベルトの言葉に短くそう返すと、二人は兜を取った。

「久しぶりだな、アルベルト」

「はい、シュナイゼル兄上」

男が低く、静かに声を発した。

抑揚のない声、顔には仮面を被っており表情はよく見えないが、その目元からは鋭い眼光が覗（のぞ）いている。

アルベルトよりもかなり年上に見えるこの人物は第一王子シュナイゼル＝ディ＝サルーム。

サルーム第一部隊を率いる軍略家で、主に防衛戦を得意としている。

主に防衛戦が得意で、寡兵を用いて十倍以上の敵を幾度も撃退するその戦いぶりからサルーム最強の将軍と呼ばれている。

「大きくなったのうアルベルト。出迎えご苦労じゃ！」

「クルーゼ姉上も御壮健で何よりです」

もう一人、陽気な表情で声をかけてきたのは癖の付いた金髪を大雑把に伸ばした大柄の女性だった。

アルベルトより二回りは身体が大きく、シュナイゼルと並んでもその体軀(たいく)は見劣りはしていない。

全身に無数の傷が付いており筋骨隆々、左目は眼帯で塞がれているこの人物は第一王女クルーゼ＝ディ＝サルーム。

サルーム第二部隊を率いる勇猛な将軍で、主に攻めの戦を得意としている。

クルーゼ自ら前に出ることによる士気向上と、野性じみた用兵であらゆる防衛線を食い破るその戦いぶりからサルーム最強の将軍と呼ばれている。

——そう、どちらも我が国最強と呼ばれる将軍なのだ。

二人は国内外で反乱分子や敵対国相手に競うようにして戦果を挙げており、シュナイゼルとクルーゼ、どちらが最強の将軍かは大人子供問わず話の種にされている程だ。

共にほとんど城に帰ることはなく、帰ってきてもまた次の戦場へ向かう。本では何度も目にしたが、こうして直接会うのは俺も初めてである。

クルーゼは興味深げに俺を見て言う。

「ところでアルベルトよ、その童はなんじゃ？」

「あぁ、ロイドですよ。第七王子、ロイド＝ディ＝サルーム。何度かお話ししましたでしょう？」

「初めまして。ロイドです」

俺がぺこりと頭を下げるのを見て、クルーゼはふむと頷く。

「ほう、おぬしがロイドか！　アルベルトから話は聞かされておったが、実際会って話すのは初めてじゃな。ふふふ、ちみっこいのー！」

クルーゼの大きく傷だらけの手が、わしわしと頭を撫でてくる。

いたたた、力が強いっての。髪の毛がくしゃくしゃになるじゃないか。

「アルベルトから話は聞いておったよ。その歳でもう魔術を使えるらしいの。大したものじゃ！」

「クルーゼ姉上、ロイドはそんなレベルではありません。魔術の天才なのですよ。僕に匹敵、いや以上かも……」

真剣な顔で言うアルベルトを見て、噴き出すクルーゼ。

「かっかっか！　アルベルトよ、それは兄馬鹿が過ぎんか？　いくら何でもサルーム随一の魔術師と謳われるおぬしと同レベルというのは言い過ぎじゃろ！　もしそうであれば、我が魔術部隊に加えてやってもよいぞ？　んん？」

「お戯れを。それと姉上といえどロイドを部隊にと言うのは……」

「冗談じゃ。そんなことはせぬよ。おぬしがロイドを気に入っているのはよぉく聞いておるからの」

談笑を始めるアルベルトとクルーゼ。

その間もシュナイゼルは俺をじっと睨みつけたままだ。

「………………」

無言が怖い。瞳の奥では一体何を考えているんだろうか。すごい圧力を感じる。空気が重いぞ。

「シュナイゼル様、クルーゼ様、お帰りなさいませ」

そんな空気を割って現れたのは銀髪のメイド――シルファだ。

深々と頭を下げると、蒸したタオルを二人に渡す。

「今回もまた長きに亘る遠征でしたね。まことにお疲れ様でした」

「おおーシルファではないか！　飯と風呂の準備は出来ておろうの？」

「もちろんでございます」

「うむうむ、お前は相変わらず気が利くのう！　どうじゃ？　飯を食ったら久々に共に湯浴みでも……」

「お戯れを」

　ぴしゃりと遮られながらも、クルーゼは全く応える様子なく大笑いする。

「なんとも豪快というか……男らしい方ですな」

「武人と言ったところでしょうか。顔立ちは良いと思いますがあそこまで鍛え上げられた身体にはいまいち萌えないですね。私としてはもっと女性らしい体つきの方が……」

　グリモとジリエルが好き勝手なことを言っていると、シルファの後ろから一人の男が進み出てくる。

「おかえりなさいませシュナイゼル殿下、それにクルーゼ姫」

　短い銀髪を刈り上げた精悍な顔つきの中年男性——騎士団長でありシルファの父のマルクオスだ。

　静かに頷くシュナイゼルと裏腹に、マルクオスを見たクルーゼは、ぴゃっと小さく跳び上がって驚いた。

「ま、まるくおす、どの……」

先ほどまでとは打って変わり、蚊の鳴くような声で返事するクルーゼ。

マルクオスはその前に進み出ると恭しく礼をした。

「お疲れ様でございました。クルーゼ姫が無事戻られてうれしく思います」

「おおおおお、おう。マルクオスどのも、げんきでなによりじゃぞ！」

「クルーゼ様が帰ってくると、シルファも腕によりをかけてたくさんの料理を作ってお待ちしていましたよ。どうかこちらへ」

「うむ、うーむ……いやー、そこまでたくさんたべられるかのー……ははは－……」

と思ったらいきなり片言である。一体どうしたのだろうか。

「クルーゼ姉上はマルクオス団長に仄(ほの)かな恋心を抱いてるのさ。……ってわざわざ言わなくてもわかるか」

こっそり耳打ちしてくるアルベルト。

そうなのか。全く気付かなかった。

「あーるーべーるーとー？」

ぎぎぎ、と首を傾けアルベルトを睨みつけるクルーゼ。

アルベルトは「やばっ」と小さく呟(つぶや)くと、早足で城へ戻っていった。

「ったくあやつは……あーもう、シュナイゼル、はよう行くぞ！」

「………」

無言のままシュナイゼルはようやく俺から視線を外し、馬を進める。

ほっ、ようやく解放されたか。冷や汗が出たぞ。

「さ、皆様方も」

シルファの案内で兵士たちも続く。俺はとたとたとアルベルトに追いつき声をかける。

「なんとも豪快な人ですね。クルーゼ姉さんという人は。それとシュナイゼル兄さんも、何というか独特な雰囲気をお持ちのようで……」

「二人とも立派な人だよ。シルファの使うラングリス流剣術はマルクオス団長がクルーゼ姉上の戦いぶりを原型に作ったと公言しているくらいだ。それにシュナイゼル兄上は十年で国土を倍にまで広げた軍略家。あの二人が帰ってきてくれればまさに百人力、大暴走(スタンピード)だろうがなんだろうが軽く跳ね返せるだろう」

誇らしげに頷くアルベルト。そう言えばシルファに聞いたことがある。十歳当時のクルーゼの剣の腕は、騎士団長マルクオスと互角に打ち合うほどだったとか。

それに図書館で本を読んでいる時、気分転換で軍記物を読んでいるとかなりの高頻度でシュナイゼルの名が称えられていたっけ。

シュナイゼル式用兵術はサルームで行われているあらゆる戦術の元となった、とも言われている。

確かに先ほどの戦い、数の上では圧倒的に不利にもかかわらず、瞬く間に殲滅してしまった。

「アルベルト兄さんは二人をとても尊敬しているのですね」

「あぁ、すごい人たちだ。それだけじゃない。全く僕の兄弟はみんな優秀でとても誇らしいよ。もちろんロイド、お前もな」

そう言って爽やかな笑みを浮かべるアルベルト。

何というか、この人が王位継承権最有力候補と言われる所以はこういう所にあるのだろうな。

皆を敬い、認めた上で信頼するというのは中々出来ることではない。

「おーいアルベルト、ロイド、おぬしらもはよう来い！　こちとら戦働きで腹ペコ揃いなのじゃ、用意された食事、全て平らげてしまうぞ！」

「わかりました。すぐに向かいます。……じゃ、行こうかロイド」

「はいっ！」

俺はアルベルトと共に、二人についていくのだった。

「もぐっ、むぐっ、んぐんぐ……ぷはっ！　シルファよ、また腕を上げたのー！　美味いぞ！」

「……うむ、美味である」

「恐れ入ります」

ものすごい勢いでガツガツと食べるクルーゼ。

さっき「たくさんたべられるかのー？」とか可愛いことを言っていたのが嘘のようである。

シュナイゼルも静かにではあるが、勝るとも劣らぬ食べっぷりだ。

「いやぁ、すごい食べっぷりですね。二人とも」

「シルファたちメイドみんなの働きも負けていないよ。ほら、すごい速度で料理が出来上がっていく」

出入り口ではシルファを始めとするメイドたちが忙しなく働いている。

多分千人分以上はあるだろうか。しかもシルファの動きはまだ本気じゃないな。

「しかしとんでもねぇ食べっぷりだぜ。階下で食べてる兵士たちと同じくらいの量を二人だけで食ってやがる……」

「よく見ればこの二人、魔宿体質ですね。強い魔力を持って生まれながらも武の道を歩んだことで、魔術に使われなかった分の魔力が全身に行き渡り、異常なまでの身体能力を誇る。代わりに大量のエネルギーを必要とする為、ものすごい量の食事を必要とするのです」

そういえば聞いたことがあるな。かなりレアな体質で俺も実際に見るのは初めてだ。

ある程度才能がある者は魔術を使えば、使う気になれば体内に術式が構築されていく。

そうしなかったからこそ本来持つはずの魔力が二人の身体に宿り、あれだけの体軀になったのだ。

……俺も魔術を覚えなければあんな感じになっていたのかもしれない。

「ムキムキのロイド様……それはそれで恐ろしいですぜ」

「拳で空に穴が開くのでは？」

グリモとジリエルがドン引きしているが、魔術が使えないのはお断りである。

「……では兄上、姉上、そろそろお話をさせて貰ってもよろしいでしょうか？」

しばらくして、二人がデザートに手をつけ始めたのを見て、アルベルトが声をかける。

「うむ、腹もそこそこ満ちたしの」

「……申してみよ」

アルベルトが恭しく礼をすると、男たちが中に入ってくる。

騎士団長、文官長、第三軍、第四軍、第五軍の将軍……皆、いつもは王の周りで政や戦の準備などで忙しそうにしている者たちばかりだ。

各々、手には様々な地図や見取り図、食糧庫や兵士の数、種類その他諸々の書物を持っている。

「知っての通り、現在我が国は大暴走の危機に瀕しています。確認しただけで群れの数は七つ、一つ一つの塊は約十万、一番大きな群れで二十万を超えているようですね。合計およそ百万、それだけの魔物がさらに数を増やしながらこのサルームに向かっております」

百万以上の魔物か。

数を言われても多すぎていまいちピンと来ないな。

「百万超えの大暴走（スタンピード）って言うと、史上ねぇレベルじゃないっすか⁉　ヤバいぜマジでよ！」

「えぇ、私もそれほどの規模は観測したことがありません」

グリモとジリエルがビビっている。

へー、そこまで多いのか。俺の魔術だけで倒すのは骨が折れるかもしれないな。


「こちらはどれだけ兵を集められる？」

動じることなく、シュナイゼルが問う。

「……無理して三十万、と言ったところですね」

「かかっ、三倍以上か！　笑えんのー」

笑いながらクルーゼが手にしたスプーンでプリンを崩す。

「通常、魔物一体の戦力は兵士三人分として数える。となると彼我の戦力差は九倍ですね。一応お二人が帰還するまでに僕なりに準備もしておきましたが……詳細な資料は集めさせております。おい」

「はっ」

アルベルトが指示すると、文官長が机の上に地図や駒を並べた。
国の周囲の地形と魔物の現在位置が記されており、同じく並べた書類には食料の備蓄や各部隊の詳細な情報が記されている。
シュナイゼルとクルーゼはそれを手に唸る。

「ほう、よく短期間でこれだけの資料と兵士を集めたものじゃ。変に気を回して動かさず、兵を集めるのに努めたのもいい判断じゃの。自らの分を弁えているのはおぬしの良い所じゃぞアルベルト」

「僕如きの采配で大軍を動かす勇気がないだけですよ」

苦笑しながらも首を振るアルベルト。
この人は自らの力を過信せず、適材を適所に配置するのがとても上手いのだ。

「…………」

シュナイゼルは盤上と書類を睨みながら、次々と運ばれてくるプリンを無言で食べている。
クルーゼもパフェを飲むように食べながらもそこから視線を逸らすことはない。
二人とも何という集中力だ。しばし、カチャカチャとスプーンの音だけが部屋に響く。

「……ギリギリだな」

「うむ、これほど早く気付けたのは幸運じゃったのー。おかげで門が使える」

「門というと……やはり大陸門を使うつもりなのですか？」

――サルーム北方には敵の侵入を防ぐかのような険しい山がある。

そこに築かれた巨大な砦が大陸門だ。

建設以来、他国の軍に何度も攻められたが一度も突破されたことのない鉄壁の砦である。

「なんつーかロイド様、意外とこういう話好きっすね。いつもだったら興味ない話は全く聞いてないってのによ」

「ええ、魔術以外には興味がないのかと思っていましたが……」

「何言ってんだ戦争と魔術は切っても切り離せない関係にあるんだぞ」

古来より、戦いはあらゆる技術を進化させてきた。

魔術も当然その一つ。広範囲に効果がある大規模魔術のみならず、相手の行軍速度を下げたり、水や食料を生み出したり、敵軍の体調を悪くさせたり、様々な魔術が開発されてきた。

その最たるものが軍事魔術。魔術の才能がない者にも使えるよう消費魔力や難易度が低く、しかも効果が高いのが特徴だ。

特徴としては暗号化した特殊な術式を用いており、強い制約を条件に比較的容易にそれらの高効率魔術を扱えるようになるのだ。

主な制約は他言不能、術式の理解放棄、つまりは使い方しかわからない強力な武器を与えられるようなものである。

シュナイゼルは特にその運用が巧みで、先刻の戦いも軍事魔術を用いて敵の流れを操っていたように見えた。

非常に脆(もろ)いが低コストで扱える結界『軽天蓋』と敵の足取りを重くする『重足』を兵たちが使い、敵の流れを絡め取るように挟撃の形を作り瞬殺……そんな戦い方だった。

少数の魔術師による軍事魔術を用いて戦闘の流れを作り、自軍を有利にする……なんとも将軍らしい面白い魔術の使い方だ。

そんなシュナイゼルがあれだけの魔物を相手に一体どんな使い方をするつもりだろう。考えただけでもワクワクするな。

「ふむ、大陸門でやり合うのであれば、時間もないの。これより会議を行うとしよう。では将軍より下の者たちはこの場を去れ」

「はっ！」

数人の男たちを残し、あとは部屋から出ていく。

「さぁロイドよ、おぬしも外へ行くのじゃ」

そのまま居残ろうとした俺の肩に、クルーゼの手が載せられる。

「そんなっ⁉　俺も話を聞きたいです！」

「何を言うとる。子供が聞いて楽しいもんじゃないぞ。ほれシルファ、連れてゆけ」

「……ロイド様、行きましょう」

「ええー……」

アルベルトに視線を送り助けを求めるが、申し訳なさそうに手で謝る仕草をしてきた。

くっ、ダメか。かくなる上はこっそり魔術印を置いて、盗み聞きを……

「よい」

短く、しかし強い言葉を発したのはシュナイゼルだった。

一瞬その場の全員が、クルーゼすらも固まる。

「お、おいおいシュナイゼル。ロイドは子供じゃぞ？　こんな話を聞かせても……」

「構わん」

自分と目を合わせようともしないシュナイゼルに、クルーゼはため息を吐く。

シュナイゼルの視線は俺の目から微動だにしていない。

……なんかすごい威圧感を感じるんですけど。

「おい、どういうことじゃアルベルト」

「わ、わかりません。もしかしたらロイドには軍略の才能があって、シュナイゼル兄上はそれを見抜いたのかも……」

「それは流石に……しかしシュナイゼルは無意味なことはしない奴じゃ。何か考えがあってのことだと思うが……」


二人は無言で腕組みをするシュナイゼルを見て、何やらブツブツ言っている。

よくわからないが、出ていかなくてよさそうな雰囲気だな。ラッキー。

「……ったく、おぬしの気まぐれにも困ったもんじゃ。まぁいい。会議を始めるぞ」

クルーゼの言葉で大陸門攻防戦の会議が始まった。


「門前に兵をこう……並べて配置すればどうか」

「駄目だ駄目だ。そんな柔な陣形ではあっという間に破られてしまうぞ」

「然り然り、それより門に立て籠もればよいだろう。門には永久硬化の付与魔術がかけられている。魔物など、どれだけいようと突破はできまい！」

「甘いな。奴らは死体の山を駆け上り、門を越えてくるだろう。やはり門の前にも兵を置くべきだ」

「馬鹿な！　それでは門を守る兵力が足りん！　どれだけの魔物がいると思っているんだ！」

「そうだ！　あの数では門の両脇にある山からも越えてくるだろう。とても守り切れんぞ！」

喧々囂々（けんけんごうごう）と意見が飛び交っている。

おおー、軍議って感じ。盛り上がってるなー。

地図の上に並べられた兵士と魔物を表した駒が、あちらこちらを行ったり来たりしている。

会議は既に三時間を超えており、将軍たちは疲労の色が見え隠れしていた。

「はぁー、一体何時間やる気なんですかねぇ。そろそろ眠くなってきたぜ……」

「私も頭が痛くなってきました。よくついていけますね、ロイド様……」

グリモとジリエルは疲れた様子だが、俺はそんなことは全くない。

「何言ってんだ二人とも。こんな面白い話を聞く機会は中々ないぞ」

軍事魔術は先述の通り強力だが理解不可能という特性を持ち、その魔術書もかなり厳重に管理されている。

それ故に俺も軍事魔術については名前と簡単な効果くらいしか知らないのだ。

だがそんな軍事魔術も軍議ではバンバン飛び交っており、使われている術式も大分考察しやすい。

ふむふむなるほど、回数制限を使って効果を上げたり、逆に威力を低くすることで効果範囲を広げたり、誰でも使えるように術式を極限まで簡略化しているんだな。

あそこまで術式を簡略化すればどんなに才能がない者でもすぐに使えるようになるだろう。あとは暗号と制約で効率化は可能か。

それに魔術を誰でも使えるように、と言うのはすごくいいアイデアだ。

簡略化することで魔術師が増え、その裾野が広がれば、ひいては頂点に立つ魔術師のレベルも上がる。

魔術を全く知らぬ者だからこそ生まれる柔軟な発想により新しい魔術もどんどん生まれるだろう。

そうして改良が続いていけば、魔術師全体のレベルアップに繋がり、ひいては俺もより多種多様な魔術を知る機会が出来るかもしれない。

うーむ魔術の未来は明るいな。ワクワクするぞ。


「しかしロイドの奴、大人しくじっと聞いておるのう。もしやこの会議の内容を理解しておるのだろうか」

「ロイドはとても賢い子ですからね。それに恐らく軍議に出たかった理由は軍事魔術でしょう。これらは簡単な割に効果が高く、それ故に秘匿されているものが多いですから。ロイド程の魔術師であればすぐに使えるようになるでしょう」

「馬鹿を言うなアルベルト！　軍事魔術は確かに通常のものよりかなり簡単だと聞いてはいるが、それでも優秀な魔術兵が何ヵ月もかけて覚えるのじゃぞ!?　すぐに使えるなどと出鱈目を言うでない！」

「ふっ、それがロイドなのですよ。姉上。出鱈目な奴なのです」

クルーゼとアルベルトがブツブツ言っているようだが、俺は軍議に夢中である。

「それにしてもよぉ、あの鋭い目付きの兄君は無言のままですな」

「ええ、瞬き一つせずに盤上を睨んだままです。何とも恐ろしい……」

シュナイゼルが目の前に置いているのは兵棋（ヒョウギ）という卓上遊戯の盤である。

その駒を敵軍と自軍に見立てて配置しているようで、それをじっと睨みつけている。

それにしてもさっきから意見が行き詰まっている気がする。

意見も出尽くしたのだろう。

俺としても新しい軍事魔術（ネタ）が出て欲しい所なんだが……ん？


気づけばその場の皆が、シュナイゼルに注目していることに気づく。

どうやら皆、総大将の決断を待っているようだな。

ふむ、俺もシュナイゼルが何を考えているか気になってきたぞ。

「あのー、シュナイゼル兄さんはどうやって大暴走（スタンピード）を防ぐつもりなのですか？」

というわけでこっそり話しかけてみる。

シュナイゼルはジロリと俺を睨（ね）めつけると、少し考えて駒を動かした。

「おおっ、結構偏った陣形ですね。まるで山に誘い出すような。敵はこんな感じで動くでしょうか」

「…………」

俺もまた、駒を動かしてみる。

するとシュナイゼルもまた駒を動かす。

　二人して交互に駒を操作し、気づけば俺の操作していた魔物側は詰まれていた。

「あちゃ、やられちゃいました。流石ですねシュナイゼル兄さん」

「本来の戦はこう綺麗には決まらん」

「あはは、精進します」

　うーん、流石はシュナイゼル、サルーム最強の将軍と言われるだけあってめちゃくちゃ強い。

　実は俺は前世でそれなりに兵棋をやりこんでいたんだがな。賞金目当てに大会に出たりもしていたが、完全に遊ばれてしまったぞ。

　とはいえブランクも大きいし、こうして転生してからはやる機会もなかったから、負けても仕方ないか。

「おお……集中しているシュナイゼル様に怯まず声をかけ、あまつさえ兵棋による勝負を仕掛けるとは……ロイド様は恐ろしくないのだろうか。私など未だにあの目に睨まれただけで、身体が竦んでしまうというのに……」

「しかも兵棋でシュナイゼル様にあそこまで食い下がった者はそういないぞ。あの駒の動かし方、手の作り方、とても十歳の子供とは思えぬ。流石はアルベルト様の懐刀と呼ばれるだけはあるな」

「ただの子供を軍議に残すはずがないとは思っていたが、シュナイゼル様はロイド様の御力を見極めていた、と。それにしてもここまでとは……」

将軍たちが何やらブツブツ言っている。

しまったな。俺がいきなりシュナイゼルと遊び始めたから、怒っているのかもしれない。

「くっ、ロイドとあんなに楽しそうに遊ぶなんて、羨ましいですよ。シュナイゼル兄上……」

ついでにアルベルトからの熱い感情の込められた視線も感じる。

やはり勝手をしたから怒っているのだろう。反省反省。


その日、軍議は夜通し行われたらしい。

らしいというのは、俺は夜になるとシルファに強制的に退室させられてしまったからだ。「ロイド様は育ち盛りなので、夜更かしせずに早く寝て下さい」と言われて、渋々その場を去ったのである。

……一応『聞耳』の魔術を残し、続きの会話も聞いていたのだが、夜が更けると流石に寝落ちしてしまった。

聞いた音を溜めておけるような術式を組めばどうにかなりそうだし、またやってみるか。

しかしシュナイゼルはどんな手を考えたんだろう。気になるな。

そんなことを考えながら歩いていると、会議室の扉が開き中から将軍たちがゾロゾロと出てきた。

皆、疲れ切った顔をしている。もしかして今までやっていたのだろうか。

「ふあぁぁぁぁ……やぁ、ロイド。おはよう」

「お疲れ様ですアルベルト兄さん、軍議は終わったのですか？」

「あぁ、何とかね。しかしまさかあんな手を考えるとは……流石だよシュナイゼル兄上は」

どうやら俺が帰った後、シュナイゼルがいい手を考えたらしい。

ますます気になるな。残念だ。

「ははは、聞きたそうな顔をしているな。安心するといい。そのうちロイドの耳にも入るだろうさ」

「俺の耳に、ですか……？」

アルベルトが意味ありげに笑っているが、完全に部外者の俺にそんな話が降りてくるとは思えないのだが。

首を傾げているとアルベルトは俺の頭をくしゃっと撫でる。

「おっと少し喋りすぎたかな。この話は内密に頼むよ。実は僕もそこそこ大きな隊を任されていてね。部隊の編成やら何やらで忙しいんだ。悪いがこの辺りで失礼させてもらおう。ではまた」

「は、はぁ……」

アルベルトはそう言うと、慌ただしく去って行く。

「なんだぁ嫌味かよ？　自分は部隊を任されるほどだ、とでも言いたかったのかぁ？」

「アルベルト兄さんはそんなことは言わないよ。既に魔剣部隊を持っているしね。もっと大きな部隊を任されても不思議じゃない」

「確かに王子である彼が部隊を率いるのはかなりの非常事態でしょう。それに嫌味というにはどこか意味ありげでした」

ってシュナイゼルも一応王子なんだけどな。内政担当のアルベルトと一緒にはできないが。

とはいえ考えても答えが出るわけでもない。

俺は首を傾げつつも、普段の生活に戻るのだった。

「ロイドよ。おぬしをアルベルト隊の副官に任命する」

その答えがわかったのは、わずか一時間後のことだった。

玉座の間に呼び出された俺に、父王チャールズがそう言ったのだ。

「い、一体どういうことですか⁉　父上⁉」

チャールズの言葉に俺は思わず聞き返す。

「耳を疑うのも無理はない。じゃが今回の大暴走（スタンピード）、我がサルームの有能な人材を出し惜しみする余裕はないのじゃ。第七王子であり、しかも子供のロイドにこんなことをやらせるのは本当に心が痛む。しかし本当に手が足りなくてのう。好きに生きろと言っておいて虫のいい話じゃが、おぬしの力を貸してくれるか？」

チャールズは神妙な面持ちだ。

……なるほど、アルベルトが言ってたのはこれだったのか。アルベルトは俺の方を見て意味ありげにウインクをしてくる。俺は少し考えて言葉を返す。

「しかし、自分のような子供が副官なんて……アルベルト兄さんやシュナイゼル兄さんの足手まといにはならないでしょうか？　他の人たちも認めるとは思えませんが……」

「何を言う。ロイドを副官にと言ってきたのはそのシュナイゼルじゃぞ。余程おぬしを見込んでいなければ、そうは言うまい。……とはいえ、正直言ってワシも驚いたがな」

「本当なのですか?」

「うむ、総大将であるシュナイゼルの言葉じゃ。文句を言う者などいようはずもあるまい」

「そう、ですか……」

気づけば俺の手は、小刻みに震えていた。

それを見たチャールズやアルベルトが、目を細めている。

「震えておる、か。無理もない。まだロイドは十歳。軍を率いて戦いに出るには早すぎる。ワシでさえ初陣は十五の頃じゃからの。だがこれは真の王を目指すお前にはもってこいの試練、その為ならワシも心を鬼にしよう。頑張るのじゃロイド、お前なら必ず結果を出せるであろう」

「すまないロイド、僕にはシュナイゼル兄上を止められなかった……いや、それは言い訳だな。僕もロイドがどれだけ成長したのか、見たくなってしまったんだ。怖いだろう。恐ろしいだろう。だがお前ならきっとやってくれると僕は信じているよ」

二人が何やらブツブツ言っているが、俺は顔を伏せ口元がニヤつくのを抑えるので必死だった。

大暴走(スタンピード)……魔物が百万はいるとか言ってたっけ。

つまりいくらでも魔術を使いまくれるってわけだ。

しかも副官ともなれば、秘匿されている軍事魔術も好きに閲覧出来るだろう。

新しい軍事魔術を覚えて、大量の魔物相手に実験出来て、また改良して、また実験して……無限ループできるじゃないか。うーん、素晴らしい。

アルベルトの下なら割と好き勝手出来そうだし、副官でなくても一兵卒としてでも参加したかったくらいである。

俺はそのまま、頭を下げた。

「謹んでお受けいたします」

「おおっ！　やってくれるか！」

チャールズが嬉(うれ)しそうに声を上げるが、俺の方が喜んでいる自信がある。

「引き受けてくれてありがとうロイド。それでは早速、作戦会議と行こうか」

「はいっ！」

俺はアルベルトと共に、玉座の間を出るのだった。

◇◇◇

連れられて来たのは、アルベルト私兵隊の兵舎だった。

普段は数十人の兵たちしかいないが、今は三百人ほどに増えている。

恐らく他の任務に就いている者たちも集めたのだろうな。


「おお、壮観だ。これだけの人数がアルベルト兄さんの下で戦うんですね」

「まさか、いくら魔剣を持っているとはいえ、これだけの兵じゃ大した働きは出来ないよ。僕の予想では最終的には二万くらいまで増える予定だ」

「そんなに⁉　あ、そうか。民たちから募るんですね」

戦争や溢れた魔物の討伐に、志願した農民、平民たちが部隊に加わることは多々ある。

命をかけているだけあってかなりの給金が払われるので、金銭的にとても美味しいのだ。

ちなみに俺も前世では何度か参加したことがある。

だがアルベルトは首を横に振った。

「それも悪くはないが、やはり寄せ集めの兵では士気が低いし、質が著しく落ちるのでね。魔物相手では荷が重かろう。今回は別の手でいく。……まぁ見ているといい」

「はぁ……」

アルベルトはパチンとウインクをすると、兵たちの前に立った。

「皆の者、よく集まってくれた。嬉しく思う」

アルベルトの言葉に兵たちは不安そうな顔を見せている。

彼らはそれなりに戦い慣れしているが、これほどの規模の戦いは初めてだからだろう。

俺も前世で初めて戦争に行った時はかなり不安だったものだ。

……結局物欲が勝って、それ以降も研究費欲しさにちょくちょく参加していたけど。

アルベルトはそんな兵たちを見渡すと苦笑を浮かべた。

「おいおい、そんな不安そうな顔をするんじゃない。これはチャンスなんだよ？」

アルベルトは一息吐いた後、言葉を続ける。

「君たちは家督の継げない貴族の三男、四男たちばかり、食うに困っていたのを僕が引き受けた。しかし僕もただ可哀想だからというだけでそうしたわけではない。君たちは生まれながらに全てを手にしていた長男や、そのおこぼれを貰えた次男とは違う。自らの手で生きる術を身につけなければならなかった者たちだ。精神的な強さがある！　今回の大暴走（スタンピード）は今までになかった国難だ。手柄を得た者には望みのものが与えられるであろう！　それこそ君たちの実家の兄たちが得た物とは比べ物にならない報酬がね」

力強い声が彼らを鼓舞するように響く。

兵たちは気づけば顔を上げていた。

暗かった顔は明るくなり、目にも光を取り戻している。見事な演説だ。流石アルベルトである。

アルベルトはもう一度兵たちを見渡した後、満足げに頷いた。

「うん、いい顔だ。そうとも、君たちにはシュナイゼル兄上の隊ですら満足に配備されてない魔剣がある。それにこんな事もあろうかと街の各所を回らせて、君たちの顔を広げておいた。声をかければ優秀な人材や金が集まってくるだろう。さぁ皆、あとは手柄を立てるだけだ！」

わああああああ！　と歓声が上がる。

先刻までの不安そうな顔はどこへやら、兵たちの士気は最高潮になっていた。

「へぇ、劣等感を焚（た）きつけ、その後に褒美を見せるってか。中々上手いですな」

「ええ、常に燻（くすぶ）っていた者たちだ。武器もあり、見返せる材料があるとなれば、彼らもやる気を出すでしょう」

グリモとジリエルがアルベルトの手際に感心している。

アルベルトはこういうところ上手いんだよな。兵たちはすっかりやる気だ。

「うむ、それでは士気も十分に上がったところで僕の副官たちを紹介しよう。まずは皆も知っているだろう。第七王子であるロイド＝ディ＝サルームだ！」

……パチパチパチ、とまばらに拍手が送られ、俺は手を振って応えた。

さっきまでの盛り上がりが嘘のような盛り下がりっぷりである。

まぁ俺はまだ子供だからな。手柄も他の人に取らせて目立たないようにしていたし、何も知らない兵たちはさぞ不安になるだろう。

「どいつもこいつもわかってねぇぜ。ロイド様に付いていきゃあ、それだけで大手柄間違いなしなのによぉ」

「えぇ、愚かな人間たちですね。我が主であるロイド様の力もわからぬとは」

グリモとジリエルがブツブツ言ってるが、誰だって子供の下でなんか働きたくはないだろう。

アルベルトもその辺りわかっているのか、苦笑している。なら何故俺に副官をやらせるのだろうか。

「……えー、そしてもう一人、サイアス、前に出てきてくれ」

「ハッ」

兵たちの先頭にいた男が、アルベルトの前に進み出る。

金色の長い髪、そして鋭い目つきの男だった。

サイアスがアルベルトの横に立ち一礼すると、大きな拍手が巻き起こる。

俺の時とは打って変わり、すごい盛り上がりだ。

「すごい人気だなぁ」

「サイアス＝ロー＝レビナント。サルームでも十指に入る大貴族、レビナント家の三男です。国立魔術学園を首席で卒業、更に軍学校へ進んで戦術を学んだ優秀な人物で兵たちの信頼も厚く、魔術師としてはアルベルト様に次ぐ実力を持つと言われておりますが……まぁロイド様の入っていない実力議論になんの意味もありませんね」

傍にいたシルファが、憤慨した様子で言う。

へー、魔術学園っていうと俺が前世で通っていた学校じゃないか。懐かしいな。

サイアスの年齢は三十前後ってところか。

前世の俺が生きていれば、あのくらいかもしれない。

というかどこかで聞いた気がする名なんだが……どこだっけ、まぁいいか。

もしかしたら同期だったのかもな。とはいえ学園は貴族ばかりで、庶民だった俺には友人はいなかったから知り合いとかではないだろうが。

感慨に耽(ふけ)っていると、サイアスが俺を見ているのに気づく。


「やぁ君がロイド君だね。噂は聞いているよ。僅か十歳にして、アルベルト様が認めるほどの魔術師だとか」

「いやー、ははは……買いかぶりだと思うけど……」

いつそんな噂が流れたのだろうか。

地味にやってるつもりなのだが。


「ともあれ、共に副官として国難を退ける為に力を合わせようじゃないか」

サイアスが握手を求めてきたので、それに応じる。

と、サイアスが右手に魔力を込めてきた。

おっ、これは魔力合わせだな。

出来るだけ早く、正確に互いの魔力を等量にするという、いわゆる手遊びというやつで

ある。

なるほど、まずはこれで副官同士親睦を深めようというわけだな。……よっ。

俺が即座に魔力量を合わせると、サイアスは少し驚いた顔をした。

すぐに調整し直し、俺もまた即座に合わせる。

よっ、ほっ、たっ。……うーん、なんで低い量ばかりに設定するのだろうか。魔力量が低すぎてやりにくいぞ。

何度か繰り返したところで、ようやくサイアスは手を離した。

やれやれ、ようやく終わりか。ともあれこれで大分親睦も深まっただろう。

そう思って俺が笑いかけると、サイアスは何やら難しい顔をしている。

「……どうしたサイアス？」

「はっ、あぁいえ！　申し訳ありません。呆けておりました。すまないロイド君、許してくれたまえ」

サイアスはすぐに笑顔になると、俺から目を離した。

一体どうしたのだろうか。許すようなことをされたっけ？

「……ふむ、少し試してやろうかと思ったが、驚いたな。子供と侮っていたが、私と同程度近い魔力を持っているとは思わなかったよ。流石はアルベルト様の懐刀と言ったところか。しかし私もまだまだ本気ではなかったし、どれだけ魔力を持っていようと所詮は子供。戦争ではより多くの要素が勝敗を分けるということを教えてあげよう。ふふふ」

サイアスが何やらブツブツ言っているが、恐らく副官としてのプレッシャーを感じているのだろう。

これだけの兵を預かるんだ。俺の采配一つで実際に人が死ぬ。そう考えると俺まで少し緊張してきた。

「さて、そろそろいいかな？　副官である二人には彼らを半数ずつ率いて兵を集めて欲しい。二人は各々のやり方で兵を募り、兵たちは傭兵(ようへい)などを雇うなどしてとにかく人を集めてくれ。出来れば五千は集めてくれると助かる。僕の期待に応えてくれよ。……では解散！」

アルベルトの命令で兵たちは解散する。

それを見送りながら、俺は色々と考えていた。

五千もの兵を集めなきゃいけないのか。今いる兵士が三百人程、その半分が傭兵を率いて俺の下へ来るとして、千か二千ってところかな。五千を目指すなら俺自身でもかなり兵を集める必要があるだろう。

サイアスはアルベルトの言った通り人脈を駆使して傭兵を雇い入れるのだろうが、それでも人の命を預かるのには変わりない。

うーん、俺自身が好き放題するのはいいが、人を巻き込むのはあまり趣味じゃないんだよな。


「時にロイド君」

そんなことを考えているとサイアスが話しかけてくる。

「これから兵を集めるわけだが、君にその伝手はあるのかい？　アルベルト様直属の兵ともなると強さだけでなく品位や出自の確かさ、いざという時には保証や何やらも必要となる。それなりにちゃんとしたところから集めてこないといけないよ？　それを数千人、君にその器量があるとは思えないのだがねぇ」

そういえば兵が死ぬと隊長はその家族に謝りに行ったり、保証金なんかも支払う必要があるんだっけ。色々手続きもあるんだろうし、正直面倒くさくなってきたな。

シルファ辺りに任せればやってくれるだろうが、出来るだけ責任は取りたくない。何かいいアイデアはないだろうか……

「――そうだ、アレを使えば……！」

大量の兵を集め、しかも絶対に殺すことなく大人数での戦いも楽しめる。いいアイデアを思い付いたぞ。

しかも魔術の実験も出来て一石四鳥も五鳥もある素晴らしいアイデアだ。ふふふふふ、そうと決まれば早速準備に取り掛かるとするか。

「あ！　こらロイド君！　私を無視するんじゃあない！　おーい！」

サイアスが何か言っているが放置して、自室に向かうのだった。

「――で、一体何しに戻ってきたんですかい？　ロイド様」

「兵たちに声掛けをし、部隊を編成せねばならないのではないのですか？」

「あぁ、ちょっとやってみたいことがあってね」

人の命を預かり、戦うのは気が引ける。

だったらその兵を自前で作ってしまえば問題はない。

「■■■――」

呪文束による詠唱を終えると、地面に描かれた魔法陣から影が生まれ、それが立ち上がり人の形となる。

「ほう、『影形代』ですかい。確かにそれなら兵の代わりとして使えそうだ」

幻想系統魔術『影形代』は、魔力を固めて人形を作るというものだ。

他の系統の『形代』では素材が必要な代わりに外見が精巧だったり身体性能が高かったりするのだが、今回はただの兵士だし魔力のみで作り出す『影形代』で十分。

簡単な動作しか出来ないが、圧倒的に手軽である。

「しかしロイド様、影人形では兵士たちが行うような高度な戦闘など出来ないでしょう。いかがなさるおつもりですか？」

ジリエルの言う通り、影人形に人間の真似事をさせるのは難しい。

例えば突撃という命令一つ取ってみても人間ならばその意図を汲み取って戦ってくれるが、影人形たちは言葉通りただ突撃するだけで終わってしまう。

歩調も合わせず、武器も使えず、ただただ突進するだけ。……これでは兵士としての働きはとても望めない。

「もちろん、対策は考えている。例えばこんな感じだ」

魔力を紐状（ひもじょう）に伸ばして影人形の頭部に接続、動くように念じてみる。

すると影人形は俺の考えた通り、背筋を伸ばし屈伸運動を始めた。


「オン！」


傍にいた魔獣、シロが吠（ほ）える。

そう、これはシロに命令を出す時と同じ技。

自身と使い魔を魔力紐で繋ぐことで思う通りに命令を出せるのだ。


「なるほど、これなら細かな指令も出せるってわけですな。ロイド様の魔力なら、影人形くれぇいくらでも作れるだろうしよ」

「いくらでもは無理だな。コントロール出来るのはせいぜい一万くらいだよ」

以前、どれだけ影人形を出せるのか試した事があるが、流石に一万を超えると行動にエラーが生まれやすくなる。


「い、一万も出せるんですかい……」

「他の魔術と比べても魔力消費が桁違いに大きい『影形代』を一万、しかもこれだけの精密操作出来るとは……流石としか言いようがありません」

とはいえこれらの操作は半分オートで行っているので、俺への負担はそこまででもない。人の持つ生体反射を利用した半自動制御は以前ゴーレムの研究をしていたおかげである。

魔術というのは、今まで経験したことが結構生きてくるものなのだ。

「武器や防具はどうするんですかい？　手ぶらってわけにもいかないでしょう。城には武器も余ってねぇでしょうし」

「それも神聖魔術を使えば問題ないよ」

神聖魔術には魔力を物質化し、武器とするもの——『光武』という魔術が存在する。魔力光を凝縮して作られた武具は魔力さえあればいくらでも生成可能だ。強度もまぁまぁだしな。

「ロイド様の光武はまぁまぁとかいう次元を超えている気がしますが……」

「流石に一万人分だからな。省エネでいくよ」

というわけで早速『光武』発動。影人形に光の剣、鎧兜を纏わせる。

本来の光武の一万分の一くらいだが……うん、普通の鎧兜よりは結構丈夫である。

これなら普通の兵と変わらない活躍が出来るはずだ。

「ただ影人形たちは俺が操るわけにはいかない。幾ら俺でも一人で一万体の影人形を操っていたら集中力を欠いてしまうからな。だから俺以外にも命令を下せるように術式を組まないとな」

「ロイド様以外に人形を操らせる……はっ！」

「なるほど、そこでようやく普通の兵たちの出番というわけですな」

そう、影人形を指令するのはあくまで兵たちだ。

俺一人では戦場を見渡し切れないからな。

これなら安全に戦える。

「『影形代』の術式に誰でも操れるような仕組みを加えれば、俺の魔力を通して誰でも影人形を動かすことが出来るってわけさ」

術式展開と念じると、『影形代』の術式が俺の眼前に開かれる。

魔術言語で書かれたコードを読み込んでいくと、目的の箇所を見つけた。

ここととあそこを改竄して……と。よし、書き換え完了だ。

だがそれで終わりではない。

書き換え箇所は他の部位にもかかっており、一ヵ所だけ直しても術式全体で矛盾が生じるのだ。

故にそれら全てを見直さなければならないのである。

目を皿のようにして術式を一から見直していく。ここもだな。あぁ、こっちもだ。そこも、あそこも。

術式を弄るのは楽しいが、大変な上に地味なんだよな。結構な改変だし、こりゃ時間がかかりそうだ。

「ふー、終わった終わった」

結局、作業は夜まで続いた。思わず夢中になっちゃったな。

グリモとジリエルもすっかり寝入っている。

「うや……出来たんですかい？」

と思ったら起きてきた。眠そうに目をこすっている。

「あぁ、ちょっと試してみてくれ。グリモ」

「わかりやした」

グリモを対象に、新たに組んだ術式を発動させる。

神聖魔術で武装した影人形――いや、魔力兵と呼ぶべきだな。それが三体出現し、各々から魔力紐を出してグリモの頭に繋いだ。

「うおっ！　視界が重なってやがる。身体が増えたような妙な感覚だぜ……」

「慣れればいけるはずだ。やってみてくれ」

「こんな感じ……っすかね？　はっ、ほっ」

グリモの命令で、兵士たちが手にした武器を振っている。

ふむ、動作に問題はなさそうだな。

「ロイド様、私にもやらせて下さいませ」

「いいぞ」

いつの間にか起きていたジリエルにも同様に三体の魔力兵を与える。

「ありがとうございます。……さて魔人よ、ここは一つ、勝負といこうではないか」

「ハッ、おもしれぇじゃねぇか。天使風情が俺様と勝負になるとでも？」

「それは私のセリフだ！　うおおおお！」

二人は魔力兵を操り、手にした剣で打ち合いを始める。

やはり実戦形式の方が分かりやすいな。うん。

魔力兵による戦闘はほぼ互角、その動きも普通の兵士と比べても遜色ないように見える。

「どうだ？　使えそうか？」

「こりゃすげぇぜロイド様！　念じただけで兵たちを手足のように動かせてらぁ！」

「ええ、しかも操作は感覚的でとてもわかりやすい。これなら何の知識もない者でもすぐに操れるようになるでしょう」

二人の太鼓判も貰った事だし、とりあえずは完成と言ったところか。

細かい制御は後でやるとしよう。

「つーかロイド様、この話は兵たちにしなくていいんですかい？」

「いっけね、完全に忘れてたな」

今頃俺の部下となるはずの兵たちはアルベルトの言う通り、傭兵の募集をしている頃だろう。

この魔力兵があれば何千人も集める必要はないもんな。

ま、時間はまだあるしすぐに話が進むわけでもあるまい。明日にでも話に行くとするか。

「た、大変だよ！　ロイドっ！」

――翌日、俺はレンの大声で目を覚ました。

随分慌てた様子である。眠い目をこすりながら起き上がる。

「おはようレン、一体どうしたんだ？」

「……ちょっと待ってね。その前に顔を洗って」

レンの差し出した器から水をすくって顔をぱしゃぱしゃと洗い、柔らかなタオルで拭いた。

「ロイドは放っておいたらボサボサのまま出歩いちゃうからね。あとは乳液を塗って、髪をといて……」

慌ただしく俺を身綺麗(みぎれい)にしていくレン。

よし、と短く息を吐いてレンが額をぬぐうと、いつもの俺になった。

「それで、急いでるんじゃなかったのか？」

「そうそう！　昨日アルベルト様の副官に任命されていたでしょう？　その話を聞いたボクはシルファさんと一緒にロイドの隊に加えて貰いに行ったんだよ。それで隊の人に話を聞きに行ったんだけど、殆(ほとん)どの兵たちがサイアスって人のところに行ってたんだ！」

「……どういうことだ？」

「わかんないよ！　シルファさんもそれを聞くなり飛び出しちゃうし、アルベルト様も忙しくて全然捕まらないし……ボクもう何が何だか……」

「とにかく召集をかけてみよう」

現場にいた兵たちに直接話を聞いた方が早いだろう。

というわけで俺は預かっている兵全員に呼び出しをかけた。しかし……

「集まったのはこれだけ、か」

十数人の兵たちが、申し訳なさそうに俺を見ている。

「少ないですね……昨日の集まりでは三百人はいたというのに。一割以下ではありませんか」

「その上どいつもこいつもヒョロガリで弱そうな奴らばかりだぜ。こんなんで戦えるのかぁ？」

グリモとジリエルも好き勝手言っている。

確かに、彼らは身体も小さいし魔力も殆ど感じられない。

言っちゃ悪いがアルベルト隊でも落ちこぼれな人たちだろう。

とはいえ何故こうなったのか、事情を聞いてみなければ始まらないので兵の一人に尋ねてみる。

「何故これだけしか集まってないんだ？　アルベルト兄さんは兵の半分は俺の指揮下に置くって言ってたけど」

「そ、それはその……ですね……」

俺の問いに、兵たちは互いに目配せをしている。

しばらくそうしたのち、一番若い兵が押されるように俺の前に出る。

「ええっと……実はですねロイド様。他の兵たちは皆、サイアス様の元へ行ってしまいまして……」

「どういうことだ？」

「はい、昨日の集会が終わった後、解散した我々が傭兵を雇うべく街へ赴いたところ、サイアス様が声をかけてきたのです。私の元へくれば格安で雇える傭兵を紹介しよう、と。我々も貴族の端くれとはいえ、それほど裕福ではありません。我も我もとサイアス様へと集まったというわけです」

「ちなみに君たちは何で残ったの？」

「いやー、お恥ずかしい話ですが私ども、サイアス様から必要ないと言われまして……」

苦笑する若い兵を、後ろにいた兵たちが一言余計だとばかりに睨みつける。

なるほど、兵を増やす為に待遇を良くし、結果本来は俺が率いるはずだった兵たちがサイアスに従ったというわけか。

「なんて汚ぇ真似を……あの野郎、普通にやったらロイド様に手も足も出ねぇからって、先んじて部下を根こそぎ持っていきやがったんだ！」

「手柄を独り占めする為、というわけですか。仲間同士で足の引っ張り合いとは、人間とはなんと愚かな存在か……」

グリモとジリエルが憤慨しているが、俺にとっては好都合かもしれない。

あれだけの兵、しかも殆ど俺の知らない人たちを俺が指揮するのは難しいだろう。

これだけの人数、しかも彼らはあまり自分に自信がないタイプみたいだし、俺でも言うことを聞かせられそうだ。

「あのぉー……俺たちどうなるんすかね？　兵が集められないなら解散するしかないのでしょうか？」

「大丈夫、何も問題ないよ。これからよろしく」

恐る恐る尋ねる兵に、俺はにっこり微笑んで返す。

何故か兵たちは、落胆したような顔をしていた。

「し、しかしこれだけの人数で戦いに赴くのは死ににいくようなもの……いえ！　恐ろしいというわけではないのですが、これだけの兵で王子を守り切れるとはとても……」

「ご心配には及びません」

凛とした声が辺りに響く。

振り向くとそこにいたのは、シルファであった。


「シルファさん！　どこへ行ってたの⁉」

「我が主、ロイド様は偉大です。こういった事態にも備え、自らの人脈を育てておられたのですから」

一体何を言っているのだろう。

うっとりした顔のシルファに俺とレンが顔を見合わせていると、その後ろからぬっと大男が姿を見せる。


「おうおう、面白れぇ話してるじゃねぇか。ロイド様よぉ」

禿頭の大男、ガリレアだ。

元暗殺者ギルドの頭領で、今は俺の領地を代わりに治めさせている。

能力は『糸蜘蛛』。身体から粘液を出し、敵を搦めとるというものだ。

「荒事なんて懐かしいねぇ。私らを置いてくなんて水臭いわよ」

ガリレアの背から出たのはウェーブのかかった髪を長く伸ばした女性、タリア。

能力は『百傷』。自傷によるダメージを見つめた相手と共有する。

「ククク、楽しくはなさそうだが、ここで逃げても魔物に蹂躙されるのみ……だったらあんたの元で働いた方がマシってもんだ」

「俺もまたロイド様と戦えテ、嬉しく思ウ」

黒いフードの男はバビロン、烏仮面の男はクロウ。

身体を柔らかくする『超軟体』と言葉に呪いを込めて放つ『呪言』を操る。

彼らもまた、元暗殺者ギルドのメンバーだ。

戦いからは身を引き、ガリレアと共に働いているのだが全員ここに来ているのか。


「みんな！　来てくれたの⁉」

「へっ、ロイド様に借りを返せるとなりゃあ、のんびりしてる暇はねーぜ」

レンは久しぶりに仲間と会えて嬉しいのか、皆と握手して回っている。


「私たちも来たわよー」

「オンッオンッ！」

巨大な狼の魔獣に乗って現れたのは、第六王女アリーゼだ。

隣にはシロ、そして成長したミニシロ、プチシロもいる。

「やれやれ、僕たちを忘れてもらっては困るね」

次に出てきたのは俺そっくりの少年、イドだ。

俺が作ったホムンクルスだが、色々あってガリレアたちが保護している。

「わ、私たちも戦います！」

「ロイド様の為ならこの身、朽ち果てても構わぬ所存です」

傍にはロングスカートを履いた少女、ラミィと全身をコートで覆った老人、ギタンがいた。

彼らは身体の半分以上が魔物化しており、長い衣服で異形の身を隠しているのだ。

ラミィは魔術、ギタンは肉体変成により高い戦闘力を誇る。

「私たちも来てあげたわよ。こういう大掛かりな戦いだと、私たちの神聖魔術とやらが役に立つんでしょう？　よく知らないけれど」

「これもまた神の思し召し、ロイド君に協力出来て嬉しいです」

「サリア姉さん！　イーシャまで！」

第四王女サリア、そして現教皇であるイーシャだ。

二人の奏でる音楽は非常に素晴らしく、治癒の効果を持つ神聖魔術が使える。


「おうよ。俺たちの作り上げたサルームの守護神ディガーディア。こんな時にこそ出番だろうがよ！」

「吾輩たちも忘れてもらっては困るな」

恰幅の良い男と浅黒い肌の男は第三王子ゼロフと第四王子ディアン。

そしてその後ろに聳え立つのは巨大ゴーレム、ディガーディアだ。

相手は魔物の大群、大火力を持つディガーディアはきっと力になってくれるだろう。


「ロイドさんには冒険者としてもっと活躍して貰わねばなりませんから。ここで恩を売っておけば後で倍以上になって返ってくるはず……きますよね？　と、とにかく皆さん、ちゃんとギルドから報酬は出るのでしっかり手柄を立ててくださいね！」

「おおおお――――っ！」

冒険者ギルドの受付嬢、カタリナも他の冒険者を率いて現れた。

全員集めると二百人近くいるだろうか。

これだけいれば俺の魔力兵を操るのに十分そうだ。

「こんな沢山のの人たちがロイドの為に……シルファさんはみんなを呼びに行ってたんだね！」

「ええ、声をかけたらすぐに集まってくれました。これもロイド様の人徳のなせる業。ですがサイアス隊は傭兵を集め、その数は既に六千近いと聞き及んでいます。それに比べるとやはり……」

「それは心配いらないよ」

俺はそう言って、魔力兵を生み出す。

その数一万、広場に入りきらない程みっちり詰まった魔力兵たちを見て、皆が驚愕（きょうがく）している。

「こ、これは一体……？」

「魔力で作った影人形だ。最大で一万体出せる。皆にはこいつらを指揮して戦ってもらう予定だ」

「なんと……こんな凄まじい魔術があるとは……まさに歴史を変えうる大魔術です！　す

ごい方だとは思っていましたが、これほどまでとは！　流石は……流石はロイド様です！」

興奮した様子で俺の手を握るシルファ。

あ、しまった。ちょっとやりすぎてしまったかもしれない。

どう誤魔化したものかと思案していると、いつの間にか俺の横にイドが立っているのに気づく。

イドは俺を見て意味深に微笑むと、シルファに向けて言った。

「ふふ、すごいでしょう？　この魔術、僕とロイドの共同開発なんだよ」

おおっ、ナイスフォローだイド。俺もまた全力で乗っかる。

「そ、そうなんだ！　いやー、イドの錬金術師としての知識がなければ、到底成り立たない魔術なんだよねぇ。はは、ははは……」

俺はそう言って、乾いた声で笑う。

ふぅ、危ない危ない。危うく俺一人であれだけの魔術を編み出したと思われるところだった。

いくら何でもこれだけやっておいて地味な魔術師で通すには無理があるからな。

「そう、なのですか……いえ、それでもとてつもない魔術です。流石はロイド様ですね」

どうやら納得したようである。……多分。

俺は安堵の息を吐くと、イドにこっそり耳打ちをする。

「全くロイドは迂闊すぎやしないかい？　よく今までバレなかったものだ。ヒヤヒヤしたよ。僕に感謝するんだね」

「助かったよ。イド」

そう言って得意げに笑うイド。

俺のホムンクルスだけど、世渡りは圧倒的にイドの方が上手いな。感謝感謝。

「それよりいくらロイドとはいえ、これだけの魔力兵を出して平気なのかい？　普通なら十体も出せないだろう」

「まぁ多少は疲れるよ」

「多少……ね。はは」

呆れたように笑うイド。聞いておいてその返しはいくら何でも不条理ではあるまいか。

「あれ、そういえば……」

辺りを見渡してふと気づく。

これだけ人が集まっているというのに、こういう場面で真っ先に駆けつけてきそうな人物が見当たらないのだ。

そう、異国の冒険者で、好奇心旺盛で、気の呼吸の使い手である、あの——


「ねぇシルファ」

俺の次の言葉を察したのか、シルファは首を横に振る。

「あの娘——タオは、来ていません」

シルファはどこか残念そうに首を横に振る。


「どこを探してもいませんでした。全くいつもは呼んでもないのに出張ってくるというのに……」

どこかへ行ったのだろうか。また旅に出たとか?

魔力を広げて街の中まで気配を探ってみるが……うん、確かにどこにもいないように感じる。

「自宅や彼女が行きそうな場所も当たってはみたのですが」

「見つからなかったのか」

頷くシルファ。

タオとシルファはあまり仲良くないと思っていたが、よく自宅や普段行きそうな場所とか知ってるな。意外である。

「んー、そういえばひと月ほど前から姿を見かけませんね。今はクエストも受けていないですし」

「受付さんは何か知らないの？」

カタリナが唇に指を当て、首を傾げる。

ひと月前っていうとゴーレム武闘会があった頃か。

そういえばあの時、試合で負けたタオは珍しく落ち込んでいた気がする。

「その時負けたショックで国に帰った、とかでしょうか？」

「あの娘はそこまで殊勝な人間ではありませんよ。ですが負けてそのまま、というような軟弱者とも違う。……きっとどこかで腕を磨いているのだと思います。いい意味でも悪い意味でも、往生際が悪い娘ですからね」

シルファはどこか確信めいたように頷いた。

何だろうこの通じてる感。

この二人、案外仲がいいのかもしれないな。

「とはいえいないものは仕方がありません。それよりもロイド様、これだけの大部隊となると、ロイド様お一人では指揮を執るにも限界がございます。どうでしょう、軍師を加えられてみては？」

「軍師、か」

確かに、現実問題として俺一人で彼らの指揮を執るのは難しいだろう。

「ロイド様は面白いモン見つけたら、指揮なんかほったらかして見に行きそうですしね」

「それをカバーする人物、確かに必要でしょうね」

うんうんと頷くグリモとジリエル。

いやいや、いくら俺でもそんな無責任なことは……ない、とは言い切れないかもしれない。

それに俺は軍の運用については素人もいいところだ。軍師は必要だろう。

「……そうだな。しかしそう都合よく軍師なんて見つかるのか？　一週間後にはもう大暴走（スタンピード）が大陸門を襲うんだぞ」

アルベルトから聞いた期限は一週間、それまでには兵を集めて大陸門へ配置しなければならない。

遅れたら折角の大イベントに参加出来なくなる。それは避けたい。

俺の言葉を待っていたかのように、シルファは頰を赤らめてコホンと咳（せき）をする。

「それはその、僭越（せんえつ）ながらこの私めが務めさせていただければと。こう見えてクルーゼ様に兵法の指南を受けておりまして……」

「そういうことなら大陸門に向かう道中にめちゃくちゃつえー山賊団がいるってぇ話を聞いたことがあるぜ」

シルファが言いかけたところで、ガリレアが割って入る。

「何でも三千人を超えるとかいう巨大山賊団でよ、元々はバラバラだった山賊たちを何年か前に夜王と名乗る一人の男がまとめ上げたんだ。とんでもなく頭が切れる奴で、軍も何度か動いたが攻めきれずに撤退を余儀なくされたとか。だが山に居座ってはいるものの人を襲ったりはしねぇらしいから、国もそれ以上手を出してはいないってよ。そいつを軍師にするってのはどうですかい？　ロイド様」

「な……山賊を軍師として使うおつもりなのですか⁉　ロイド様、いくら何でもそれは……」

「へぇ、いいんじゃないか」

シルファが何か言いかけたところで、俺はガリレアの言葉に頷く。

三千人とはいえ所詮は山賊、相当の戦術と統率力がないと軍を相手にすることは出来ない。

しかも人を襲わずに三千人もの組織を維持しているということは、食料や何やらも自給自足しているのだろう。

夜王というのは相当出来る奴とみた。優秀な軍師が加われば俺もそれだけ自由に動けるし、行ってみる価値はある。

「それに皆が魔力兵を使う訓練になるかもだしな」

魔力兵の生成には魔力が必要だし、あまり倒され過ぎると補充などで俺の手がかかってしまう。

魔物相手にぶっつけ本番で戦わせるより、まずは山賊相手に肩慣らしをした方がより戦果を見込めるはずだ。うんうん。

そんなことを考えていると、グリモとジリエルがひょこっと顔を出してくる。

「しかしロイド様よう、よく知りもしねぇ奴に軍師なんて大事な役目を任しちまっていいんですかい？」

「反目するのであれば神聖魔術で浄化してしまえばいいでしょう。あれを使えばどんな不徳の輩だろうがロイド様に従順な僕になりますからね」

そう、神聖魔術『浄化』を使えばその邪心は消え去り、どんな悪い奴も真人間に変えてしまうのだ。

……いや、真人間というか若干その、人格改造的な術なので倫理的にはちょっとアレなのだが。

「あー、あの外道魔術かぁ……これだから天使どもはよぉー」

「誰が外道魔術だ！　神に仕える者たちの為の神聖なものなのだぞ！　訂正しろ魔人！」

ジリエルは憤慨しているが、グリモの言うことも一理ある。

ともあれ使う相手は選んでいるつもりだ。素直に従うなら使うつもりはないしな。

「ロイド様がそう仰るのであれば、私からこれ以上言うことはありません。その山賊のアジトとやらを潰し、使えそうであれば軍師をやらせるとしましょうか」

「ははっ、ロイド様からすりゃあ大した相手じゃないかもしれねぇがな」

「というかロイドとまともに戦える相手なんているのかな……」

「そもそも我々がやることがあるのかどうかすら……いえ、ロイドさんをS級冒険者にするにはここで恩の一つも売っておきたいところ。頑張りましょう皆さん！」

「えーと……私たちはそれなりに頑張りましょうね」

「というか僕たちはついて行ってもいい……んですよね？」

「バカ、じゃねーとシルファ様に殺されるぞ」

「ひっ、くわばらくわばら……」

皆、何やらブツブツと言っているようだが、各々の声が混じってよく聞こえない。

ま、何でもいいか。


「ではロイド様、アルベルト様の元へ軍の編成が終わったと報告に行って下さいませ。私は彼らに兵としての教育をしておきますので」

「それじゃあ僕は魔力兵の使い方を皆に教示しておくかな」

「助かるよシルファ、イド。任せた」

俺は二人に皆を任せると、アルベルトの部屋へ向かうのだった。

アルベルトのいる執務室に行くと、中はてんやわんやの大騒ぎであった。
文官たちが走り回り、書類は散らかり、兵たちも慌ただしく出入りしている。

もちろんアルベルトも忙しそうで、さっきから色々な人たちと話をしていた。

うーん、ちょっと待った方がいいかな。そう思い持ってきていた本を開こうとした時である。


「おや、これはこれは……ロイド君ではありませんか」

声をかけてきたのはサイアスだ。

俺を見て目元を細め、口角をわずかに上げている。

「一体どうしたのかなこんなところで。……クク、というかこんなところで油を売っていていいのかい？　早く兵を集めなければ出立に間に合わないのではないかな？　君のところに残った兵はほんの少しと聞いているが？」

俺を心配するような言葉と共に、勝ち誇ったような笑みを浮かべるサイアス。

「野郎……！　自分がやったことを棚に上げて何言ってやがんだ！」

「ふざけた男ですね。万死に値する！」

「まぁまぁ、サイアスも自分の隊を強くしようとしてたのさ」

憤慨するグリモとジリエルを宥めめる。仲間同士でケンカは良くないだろう。

それに俺の下でもサイアスの下でも、どちらも味方には変わらないしな。

「ご心配どうも。だがサイアス、俺のことよりも自分のことを気にした方がいいんじゃないか？」

話通りならサイアス軍は親衛隊以外はほぼ傭兵、部外者ばかりで構成されているのだ。

つまり兵の練度も協調性もバラバラで、軍の機能として脆いのではなかろうか。

俺の言葉にサイアスは一瞬目を丸くするも、すぐに肩を震わせ笑いを堪える。

「……くくっ、君は本当に子供だね。言っておくが私の軍の全兵力は現時点で七千に迫る！　アルベルト様の要望である五千を大きく超えているのだ！　心配無用だと言っておこう！」

「おぉ、それはよかった」

どうやらサイアスはそれなりに兵を集めたらしい。

アルベルトが直接率いる隊は一万、それにサイアスと俺の分と合わせれば目標である二万には余裕で足りるな。

俺はサイアスに背を向けると、アルベルトの机へと歩き出す。

「むぅ、何だこの余裕、一体何を企んで……っ！　お、おいロイド君。まさか君、アルベルト様に頼んで兵を借りるつもりか!?　いくら弟だからってそれはちょっとズルいんじゃ

「……」

サイアスが後ろで何やらブツブツ言っているのを放置し、忙しそうにしているアルベルトに声をかける。

「――アルベルト兄さん、兵の編成が終わったので報告に来ました」

「おお！　早かったなロイド！　で、どれだけ集めた？」

「一万と二百五十人です」

がたたっ！　と音がしてその場の全員が俺を見る。

「そんなバカなっ⁉　君の持つはずだった兵は殆ど私が吸収した！　なのにどこからそんな数の兵を集めたというのだ⁉」

「まぁその、勝手に集まってきた……的な？」

「ぬ、ぐぐぐ……勝手にだと？　何を馬鹿な……！」

サイアスは何やら歯軋り（はぎし）りをしている。

笑ったり怒ったり一体どうしたのだろうか。忙しいな。

隊全体の戦力が増えるなら、喜ばしいことだと思うのだが。

「ぎゃっはっは！　ざまぁねぇぜ！」

「ロイド様の人徳と力を見誤りましたね。愚かな」

グリモとジリエルも喜んでいる。

こいつらも中々忙しいな。


「ぷっ、くくく……」

そんなことを考えていると、アルベルトが書類で顔を隠し吹き出している。

「あっはっは！　……なぁ言った通りだろうサイアス？　その程度の苦境、ロイドにとっては何ということはないのだ、とね」

「アルベルト様！　しかしそれは……」

慌てて反論しようとするサイアスをアルベルトは睨みつけて言う。


「――黙れ。お前がロイドの率いるはずだった兵に取引を持ちかけ、自分の隊に加えたのは調べがついているのだよ。大方ロイドの実力に恐れを抱き、今のうちに潰しておこうとでも考えたのだろう？　甘い考えだったようだな」

「そんな！　アルベルト様！　私はそのようなことは決して！」

「言い訳は無用だ。今は時間がないから不問にしておくが、この戦いが終わったら君の行も審議に付される事になるだろう。それまでにせいぜい罪を相殺出来る程の手柄を積み重ねておくことだな」

「ぐっ……わかり、ました……」

アルベルトの言葉にサイアスはがっくりと項垂れる。

部屋から出て行くサイアスを厳しい目で見送った後、アルベルトは扉に向かってため息を吐いた。

「全くあいつは……学生時代の悪癖がまだ抜けていないらしい」

「どういうことですか？　アルベルト兄さん」

「あぁ、サイアスは学生時代、自分より優秀な生徒になんやかんやといちゃもんをつけて決闘をふっかけては、潰してきたんだよ。特に身分の低い者がよく標的になっていたらしい。ま、実力はあるし、そういった負けん気の強さも僕は評価していたのだが……あまり場を乱されるのは困りものだね」

へぇ、そういえば俺も前世で貴族に難癖つけられ、決闘を挑まれたっけな。

もうあまり覚えてないが、あれも同じようなものだったのかもしれない。

「……ま、それでもロイドならどうとでもすると思っていたよ。流石にここまで兵を集めるとは予想外だったけどね」

「買い被らないで下さいアルベルト兄さん。俺は何もしていませんよ」

「そう言えるところがお前の良いところだよ。お前の元に人が集まったのも、そういう謙虚さがあってのことだろうな」

いや、殆ど俺の作った魔力兵なんだけど。

本当に買い被りすぎである。……もちろん集まってくれた人たちには感謝しているけどね。


「ともあれロイド、ご苦労だったな。僕たちは準備を整えて明日出立する予定だがお前はどうする？」

「今から出ようと思っています。道中、もう少し戦力を増強しようと思いまして」

「はい、はっはっは！　ロイドらしいな。わかった。後日大陸門で会おう」

俺はアルベルト兄さんもお気をつけて」

俺はアルベルトに礼をして、部屋を出る。


「……やあ、ロイド君」

皆の元へ帰るその途中でサイアスと会った。

サイアスは苦虫を嚙み潰したような顔で、俺を見下ろす。

「やってくれたじゃないか。まさかあの状況からあれだけの兵を集められるとは思わなかったよ。とはいえ正規の兵は殆どいないのだろう？　数で勝っていても質はどうだろうね？」

「それはサイアスも同じじゃないのか？　殆ど傭兵部隊だろう」

「はーっはっはっは！　悪いがロイド君、現在私の部隊はサルーム最強と謳われるクルーゼ様の隊と合流し、共に練兵して頂いているのだよ！　戻って来る頃には見違えるほど強くなっているだろう！　この差は如何ともしがたいものだぞ！　クハハハハハ！」

一日そこらじゃ大して変わらない気がするけれどもなぁ。むしろレベルが違い過ぎる兵との合同練兵とか、逆にボロボロになりそうなものだが。

大笑いするサイアスの後ろから、クルーゼがツカツカと歩いてくる。

「おう、サイアスではないか」

「これはこれはクルーゼ様。如何ですかな我が兵は？　皆、由緒正しき家柄の者ばかり。さぞ活躍をしていると存じますが……」

ニヤリと笑みを浮かべるサイアスを見て、クルーゼは呆れたように言う。

「活躍ぅ？　何を言っとるか。おぬしの兵たち少々軟弱すぎるぞ？　軽く揉んでやろうと思ったが、たかが準備運動でぶっ倒れるとは思わんかったぞ。基礎体力が足りてないのではないか？」

はぁぁ、と大きなため息を吐くクルーゼ。

それを聞いたサイアスは顔を青くして声を上げる。

「そのような……いえ、よく言い聞かせておきます」

「傭兵ばかりとはいえだらしなさすぎじゃ。そんな体たらくでは足手まといになるぞ。おぬしもそんなところで油を売っておらんで一緒にやるぞ！　ほれ来い！」

「い、いだだっ！　クルーゼ様⁉　首を摑むのはやめて下さいっ！」

サイアスはクルーゼに首根っこを摑まれ、引きずられるように訓練場へ向かっていくのだった。

……やはりボロボロにされているようである。そう期間があるわけでもないし、あまりに疲弊しすぎて戦いに参加出来ない、なんてことにならなければいいんだけどなぁ。

報告を終えた俺は早速部隊をまとめ、城を出ることにした。

街の人たちが手を振って俺たちを見送ってくれている。

「な、なんだか照れ臭いね」

「はっはっは！　良い気分じゃねぇか！　俺たちみてぇな半端もんが拍手で見送られるなんてよ！　ロイド様についてきてよかったってもんだ！」

レンとガリレアは嬉しそうに笑う。

他の皆もどこか照れ臭そうだ。これだけの拍手を浴びる機会は滅多にないだろうからな。


そうして俺たちの隊が大通りを抜けた頃である。

どおおおっ！　と後方で大きな歓声が上がった。

振り返ってみると、俺たちのすぐ後にシュナイゼル隊が続いていた。


「はぁー、流石はシュナイゼル様の軍だぜ。人気の桁が違うな」

「うん、ボクたちの十倍は大きな歓声だね」

シュナイゼル隊を見送る歓声はかなり離れた俺たちの耳にも、大きく聞こえてくる。

「残念ですが現状評価を考えればこれは当然のことでしょうね。しかし十分な働きを見せれば、帰還した我々を出迎えるのはあれ以上のものとなるに違いありません。そしてロイド様ならそれは可能です。我らも微力ながら尽力致しましょう」

シルファが闘志を燃やしているが、あまり期待されても困るんだがな。

そうこうしていると、隊の先頭を歩くシュナイゼルが馬足を速め俺の横へと並んだ。

シュナイゼルが周囲をじっと見渡すと、皆はその迫力に萎縮し固まっている。

「こんにちは、シュナイゼル兄さんも御出立ですか？」

「……あぁ、一足早く着いて戦場を見ておきたいからな」

「お疲れ様です。御武運を」

「お前もなロイド。……期待している」

シュナイゼルは俺と短く会話を交わすと、小隊を率いて走り去って行った。

おおー、速い。流石歴戦の兵士たちである。アルベルトの兵もそこそこ鍛えられているとは思うが、こうしてみるとレベルが違うな。

「あれが噂のシュナイゼル様……なんつー迫力だ。ひと睨みされただけで動けなくなっちまったぜ……」

「あぁ、素晴らしいですロイド様。あのシュナイゼル様と対等に言葉を交わし、そのうえ期待の言葉をかけて貰えるとは……流石という他ありません」

ガリレアとシルファが何やらブツブツ言ってるが歓声が大きくてよく聞こえない。

ともあれ、俺たちは山賊の住まうという山へ向かうのだった。

北へ進むこと半日、夕焼け空をバックに黒々とした山が見えてきた。
幾つもの山々が連なった様子はまさに圧巻である。

「ロイド様、ここが夜王率いる山賊団が住む、ビューネ山脈でさ」

「ほう、明かりが見えるな」

日が暮れ始め、山の中腹にはポツポツと灯りが点き始めている。その数はかなりのものだ。

なるほど、まさに山賊の根城である。

「道中、見張りらしき者たちが山へ向かっているのを見ました。我々の動きもわかっていると思っていいでしょう。相当組織化されていますね。地形の有利を考えれば、半端な軍では追い返されるのがオチでしょう」

「相当な準備をしてかからないと……だね」

シルファは警戒を呼び掛け、レンはごくりと息を呑む。

俺は皆の前に立つと、振り返って言った。

「よし、それじゃあ今から攻めるとしよう」

「えーーーっ⁉」

俺の言葉に驚きの声が上がる。一体どうしたのだろうか。

「いくらなんでもそりゃ無茶ですぜロイド様、ここまで歩いて兵たちも疲弊してるでしょうしよ」

「その上辺りは暗くなりかけています。ロイド様お一人であれば制圧は可能と思いますが……」

「それじゃ訓練にならないだろ」

魔力兵の扱いは一通り教えているが、実戦と訓練は全くの別物だ。

戦闘中にいちいちカバーするのは面倒だからな。その為にはここらで実戦をやった方がいいだろう。

それに体力面の心配はいらない。優秀な回復役がいるからな。

「サリア姉さん、イーシャ、神聖魔術で皆を回復させてほしい」

「わかったわ。ちょっと待ってなさいロイド」

「すぐに準備致しますねロイド君。あー、あー」

楽器を用意し、声を整えながら前に出る二人。

神聖魔術による治癒は疲れた身体に活力を与える。これなら十分戦えるくらい回復するだろう。

うんうんと頷いていると、むんずと俺の襟首が掴まれる。

「あんたもやるのよ。ロイド」

「ええっ！　俺も？」

「当たり前でしょ。あんたが隊長なんだから」

「どういう理屈ですか……」

「あはは、私がしっかりサポートしますから」

それをフォローするイーシャ。どうもこの二人を相手にすると調子が狂うな。

まぁこれくらいは仕方ないか。俺はため息を吐きながら頷いた。

「……わかりましたよ。上手くできるかはわからないけど」

「こっちで合わせるから、適当に始めなさい」

「私も準備はいいですよ」

「では――」

俺は大きく息を吸い込み、吐いた。

俺の歌声が、イーシャの歌声が、サリアの演奏曲が、辺りに響き渡る。

「わぁ……なんていい歌……！」

「しかも何だか身体の疲れが取れていく気がするぜ」

神聖魔術『聖歌生唱』。

音楽を媒介にした儀式魔術の一種で、聞いた者の疲労を癒やす効果がある。

兵たちは皆、うっとりとした顔で聞き惚れていた。

予め展開していた音響結界により、全軍に俺たちの歌は聞こえるようになっている。

「なんと素晴らしい歌声でしょう！　流石はロイド様。このシルファ、あまりの感動に涙が止まりません」

特にシルファは感じ入っているようで、涙をポロポロ流している。

皆が聞き入る中、しばらくして俺たちは演奏を終えた。

「……ふぅ、どう？　皆、疲れは取れたかな？」

「おおおおお――――っ！」

先刻までの疲れ切った顔はどこへやら。

元気のよい声が響き渡る。どうやら返事はいらないようだ。

よしよし、これなら山攻めも行えるだろう。

「お頭ァ！　大変だ！　軍が攻めてきやがった！」

酒の匂いが漂う部屋に野太い声が響く。

部屋の中央には乱雑にテーブルが置かれ、その奥には長い黒髪を獣油で纏め上げ、毛皮を羽織った女がいた。

女はぐいっと酒を呷（あお）ると報告に来た部下に視線を移す。

「軍隊だと？　魔物どもの大暴走（スタンピード）でサルームの奴らてんやわんやなはずだがなァ」

「な、なんでそんなことがわかるんですかい⁉」

「城中に密偵を潜ませてんだよ。間違いねー……いや、しかしだからこそ……なのか？ありえねェとは思うが……」

顎に手を当て考え込む女に、部下は慌てた様子で言葉を続ける。

「ですが軍が来てるのは間違いありませんぜ！　しかも奴ら、もう山を登って来ています！」

「ほォ。こんな夜の山をねェ……命知らずにもほどがあるぜ。ククッ」

女はどこか感心したように唸ると、立ち上がり窓の前に立つ。

部下が窓を開くと、既に夜闇に包まれつつある山に煌々と灯りが灯っていた。

「どうやら魔術で灯りをつけて攻めて来ているようです！　如何致しますか⁉」

「慌てんな。要塞化したこの山は簡単には落ちねェよ。……まぁいい。このビルス様の山を攻めたこと、後悔させてやるとするか」

女——ビルスは口元に笑みを浮かべながら、部屋を出るのだった。

というわけで山攻めが始まった。

山の上空に神聖魔術『陽光』で灯りを作っているので、夜の山でも十分に進軍可能だ。

毒虫や危険な獣も浄化の副次効果で兵に被害を与えることはなく、安心して進めている。

「それでは皆さん、頑張っていきましょう」

まず正面から攻める部隊、その先頭を歩くのはイドだ。

俺のホムンクルスだけあって操作できる魔力兵の数は他の者とは一線を画し、千体。念話で俺との通信も出来るし、この隊を纏(まと)めてもらっている。

それに続くのは受付嬢カタリナが集めた冒険者たちと俺の元に残った兵、約百名だ。

彼らが操作出来るのはまだ五十体前後だが、カタリナの連れてきた冒険者は筋がいい者ばかりなので慣れればもっと操れるようになるだろう。

そのための訓練も兼ねている。合計約千六百名、これがイド部隊である。


そしてもう一方、イド隊のすぐ横から攻め登るのは、魔力兵の運用も上手く本人たちも戦闘力が高い元暗殺者ギルドの面々が中心となった部隊だ。

取りまとめているのはガリレア。更に俺の使い魔であるシロを付けており、それを介して念話での通信が可能である。

ガリレアが操作出来る魔力兵は百五十体、タリア百十体、バビロン百十体、クロウ百二十体、そしてレンは百八十体。

魔力操作の訓練をやったのが功を奏したのだろうか、一人当たりの要求数である百体を早くも上回っている。

それに続くのはギタンとラミィ。二人もそれなりに魔術の心得はあるはずなのだが、現状では七十体ほどしか操れない。

魔力の有無で操作出来る魔力兵の数はそこまで変化はないし、どうやら魔力操作には魔術師としての技量よりも魔力を扱うセンスが重要なようだな。

イド隊と同様、その後に冒険者たちと兵が続く。

合計千五百名、これがガリレア隊である。


この二つの隊で連携を取りつつ、山を攻める予定だ。

戦いが終わる頃には皆、操作に慣れてもっと魔力兵を操っているだろう。

ちなみに余った魔力兵は本陣である俺たちの周りに待機している。

「ロイド様、お茶でございます」

「ありがとう」

シルファの注いでくれたお茶を飲み干す。

なお、シルファは俺の護衛である。

どうやら魔力兵がシルファの動きのイメージについてこれないらしく、すぐに動作不良を起こしてしまうのだ。身体能力が高すぎると言うのも考えものだな。

「おっ、始まりやがったぜ」

おおおおお！　と山の中で咆哮が聞こえてくる。

あの方角、イドだろうか。

そんなことを考えていると、イドから念話が届く。


『ロイド、戦闘が始まったよ。この魔力兵、中々使いやすいね』

『誰でも使えるようにしたからな。しかしお前が千体も操れるとは思わなかったが』

『こちとらゴーレム研究の第一人者だよ？　本気を出せばもっといけるさ。……しかしこれほどの魔力兵の動作を自分の魔力だけで補っているのだろう？　いくらロイドとはいえ大丈夫なのかい？』

イドが心配そうに問う。そういえば最初に魔力兵を出した時もそんなことを言ってたな。

確かに莫大な魔力を消費しているが、それでも一応余力は残してある。

『一応、何とかなってるよ』

『まぁ君のことだからあまり心配はしてないけどね。ともあれ無理はしないでくれよ。君を倒すのはこの僕なのだから』

そう言って念話が途切れた。

戦闘が本格的に始まったようだ。……む、魔力兵の行動が激しくなるにつれ、徐々に俺への負荷が増えているようだ。

『おーい、こちらガリレアだ。聞こえてるかロイド様よぉ』

今度はガリレアから念話が届く。

『あぁバッチリだ』

『そうかいそうかい。今しがた先頭の奴らが敵さんとぶつかったところだぜ。んー、しかし割と苦戦してるようだな。どうも魔力兵の動きが鈍いっつーか……まぁ敵さんが強いんだろうな。地の利もあるしよ。とりあえず頑張ってみるぜ』

『頼んだよ、ガリレア』

念話を切った俺は、ふぅと大きく息を吐く。

額を拭うと汗が僅かに付いていた。


「ロイド様、なんかちょっと疲れてないですかい？」

「あぁ、戦闘状態に入ってから明らかに負荷が増えたからね。魔力兵のコントロールを維持するだけでも意外と大変だ」

基本的な操作は皆に任せているが、それを補うのはあくまでも俺の魔力で行っている。

一万体の魔力兵を動かす為、俺は膨大な魔力を使い続けているのだ。現状それを維持するのに精いっぱいで、とても自由に戦場を見て回る余裕はないな。

到着までにいい感じの術式を作り上げて魔力を効率化し、俺への負担を減らさなければなるまい。

「それにはこれが使えるだろう」

取り出したのはアルベルトから貰った軍事魔術の書。出立の前に何冊か貸して貰ったのだ。

俺が軍をまとめるなら、きっと役に立つだろうと。本来であれば軍事魔術の書は超の付く機密文書で、各将軍とアルベルトら一部の王子のみが閲覧を許されているような物だ。城から持ち出すなんて言語道断なのだが……いやぁ持つべきものは理解のある兄である。

道中少しだけ読んでみたが、やはり軍事魔術というのは秘密にされているだけあってとても効率的に魔術を扱う術が書かれているな。

ただ理解不可能というのは気にいらない。必ず理解して見せる。ふふふ、腕が鳴るな。

上手く良いとこ取りして術式に組み込めれば、比べ物にならないくらい魔力を効率よく運用できそうだ。

そうなれば魔力兵一万の維持くらい、へっちゃらだろう。いやぁ楽しみだ。

「いくらなんでもこれだけ魔力兵を維持してりゃあ、少しは疲弊した顔も見せるか。それでもまだまだ凄まじい量だが、今まで全く見えなかった魔力の底が僅かにだが見えてきやがる……！　もしこのまま弱っちまえば……！」

グリモが何やらブツブツ言っているが、術式を組むのと魔力兵の維持に集中しているのでよく聞こえない。

『くそ、敵を追いかけていたら囲まれた！』
『巧妙に誘導してやがる！　下からは上がどうなってるか見えやしねぇしよ！』
『イドは「飛翔」を使って、上から見渡して指示を出せ。ガリレアはシロの鼻を使うんだ』
『ダメだ。奴ら結界崩しの矢を持っている！　僕の結界では集中攻撃されたら破られてしまう！』
『連中、さっきから妙な薬品を撒いてやがる！　シロがそれを臭がって鼻が使えねぇ！』

話に聞いていた通り、山賊たちはかなりのやり手のようだ。

魔術に獣対策までしているのか。これは中々苦戦しそうである。

「苦戦しているようですね」

傍らにいたシルファが俺の表情を読み取ってか、ぽつりと呟く。

「あぁ、敵は相当の手練れだね。ここからでは状況がわかりにくいし、参ったよ」

「……私が行きましょう。本来であれば、ロイド様のお側を離れるのは心苦しいのですが、今あの深い森の中では現場で指揮する者が必要でしょう。これでもクルーゼ様の元で戦術を習っていた身、いたずらに兵を減らすのは避けたいですから」

「うん、任せたよシルファ」

「ロイド様の剣となり、敵を貫き屠ってまいります。では！」

そう言うとシルファは馬に跨り、颯爽と山へ駆けて行く。

屠るんじゃなくて、仲間に入れるんだけどな。……憶えているといいんだけど。

「お頭ァ！　奴らこっちの罠に面白いようにかかってやがるぜ！」

「クク、当然だボケ。こちとら暇さえあれば、大量の罠と策略を仕込んでるんだからよ。簡単に突破されちゃあその甲斐がねェってもんだ」

ビルスは満足げな顔で山中を見下ろす。

山頂に続く道は森の木々で偽装した天然の狩場。

下からは様子が見えず、敵は翻弄されているうちに行き止まりへと追い込まれる。

そこを囲み、叩く。

この山はこれらの罠を無数に張り巡らせており、数多の兵たちが返り討ちにされてきたのである。

今回もそのはずだった。シルファが戦列に加わるまでは。

「た、大変だお頭ァ！　狩場が潰されてやがる！　奴ら、こっちの裏をかき始めやがった！」

報告を待つまでもなく、上から見ていたビルスはすぐそれに気付いていた。

チッと舌打ちをしながら見下ろすと、今しがた破られた狩場に銀髪のメイド、シルファを見つける。

どうやら狩場への誘導に途中で気づき、囲おうとするところを逆に叩いているようだった。

「策の起こりに気付いていやがる、か。中々いい嗅覚してんじゃねぇのあの女。相当手練れのようだぜ。ククッ」

「笑ってる場合じゃねぇぜ！　どうすんだよお頭ァ！」

慌てる部下たちにもビルスは動じない。

しばし考え込んだあと、小さく頷き言った。

「しゃーねェ。俺様が行くしかねェかよ。おい、待機してる奴ら全員集めろ。ぶッこむぞ」

「おおお――――っ！　流石はお頭だァ！」

部屋を出るビルスは、口元に薄く笑みを浮かべていた。

シルファが加わったことで、今まで停滞していた前線が見てわかる程に進んでいる。

流石シルファだな。頼りになる。

『ロイド様、連中の仕掛けていた罠を抜けました。この先にある川を渡れば山賊のアジトでございます』

シルファからシロ越しの念話が届く。

どうやらかなり追い込んだようだ。上手くいけばこのまま押し切れそうだな。

『うん、流石はシルファだ。しかし油断するなよ。敵はまず間違いなくその川で仕掛けてくるだろう。注意した方がいい』

『理解しております。というか……』

しばし沈黙の後、シルファはやや重い口調で続ける。

『既にいますね。相当な数……恐らく全軍でしょう』

『勝負をかけてきたみたいだな。シルファ、くれぐれも気をつけて』

『有難きお言葉。では戦って参ります』

シルファからの念話が切断される。

どうやら今日の大一番が始まるようだな。

川を挟み合ってシルファ率いるイド隊、ガリレア隊とビルス率いる山賊たちが睨み合っていた。

ガリレアが川べりに立つと、木からへし折った枝を川へと放る。

川に落ちた枝はあっという間に流され見えなくなってしまった。

「かなり流れが速いな。橋も落とされちまったしよ」

ガリレアが憎々しげに舌打ちをする。

その視線の先には焼け落ちた橋が見えた。ガリレアたちが到着した時には既に燃えて渡れない状態になっていたのだ。

「ガリレアの糸を向こう岸に掛けて、渡れないかな？」

「その前に矢でやられるだろうよ」

川向こうでは山賊たちが弓矢を構えている。

「おい腰抜けども！　いつまでそこで突っ立ってるつもりだよ！」

「おかえりはあちらだぜェ⁉　ギャハハ！」

山賊たちがヤジを飛ばすのを睨みながら、ガリレアはイドに問う。

「イド、結界を使って何とかならねぇかよ？」

「厳しいだろうね。あれだけの数……しかも結界破りの矢まであるんだ。他にも魔術師がいればともかく、僕だけでは君たちが渡り終わるまで結界は保たないだろう」

「ロイド様のホムンクルスであるお前でもどうにもならねぇのか？」

「……全ての魔術師の名誉の為に言っておくが、これが普通だよ。ロイドがおかしいだけだからね」

「確かにロイド様は規格外の更に外って感じだがな……そうか難しいか」

ガリレアがため息を吐くのと同時に、川上から偵察に行っていたレンが帰ってくる。

「ダメだ。渡れそうなところはないよ。一ヵ所だけ、浅くなってる所はあったけど……」

「そこに敵がいるのですね？」

シルファの言葉にレンは頷く。

「窪地になってて、弓を持ってる山賊が沢山いたよ。渡っている最中に集中攻撃を受けると思う。ここよりも更に渡河しにくそう」

「連中も甘くはないということですか」

「あとは川下を見に行ってたバビロンか……」

期待薄だけどな、と付け加えるガリレア。

しばらくするとバビロンが帰ってきた。

「どうでしたか？」

「あぁ、渡れそうな場所を見つけたよ。距離も短いし見張りもいないのでもしやと思ったが、流れがとんでもなく速い上に向こう岸が崖になっている。とても無理だ。参ったねこりゃ。ククク」

「うーん、そっちもダメかぁ。どうしようシルファさん。早く終わらせないと大陸門に行く時間がなくなっちゃうよ」

「……ふむ」

シルファはしばし考え込んだ後、ゆっくり頷いた。

「そうですね。あまり時間はないですし、ここは少し無理も致しましょうか。ですがその前に……皆様、少しこちらへ」

「？」

全員、首を傾げながらもシルファの傍に集まる。

魔力兵を壁にして言葉を続ける。

「では、作戦を話します――」

川向こうにて、ビルス率いる山賊たちはずっと待機していた。

あまりの退屈さに気が抜け始めた時である。部下の一人が声を上げた。

「おおっ⁉　奴らようやく動き出しましたぜ！」

魔力兵たちが川を渡ろうと前進を始めたのを見て、ビルスは命令を下す。

「おいテメェら、撃ち放題だぞ。矢の練習だと思って射まくりやがれ！」

「うおおお――っす！」

部下たちは手にした弓を構え、魔力兵たちに矢を射始める。

出鱈目に降り注ぐ矢の雨が魔力兵たちの腕を、脚を射貫き、その動きを止めていく。

痛覚の無い魔力兵だが関節部を破壊されれば動くことは出来なくなり、そうなった魔力兵たちは川を流されていく。

「それにしても妙な兵たちだ。まるで意思などないかのようなあの動き……虫のようで気味が悪いぜ。あれが魔力人形っていうやつか。便利なモンだが、力任せで突破出来る程この布陣は甘くはねェぞ？　……いや、向こうもそれに気づいてないはずがねェよな。何かあるってのか……？」

顎に手を当て、考え込むビルス。

「大変だぜお頭！　向こうからも攻めてきやがった！」

「ほォ、同時攻撃ってわけかい」

二ヵ所同時であれば、確かにある程度攻撃は散漫になる。

しかしそれは自分たちを甘く見過ぎだとビルスは考える。

この山賊団の強みは弓の多さとその熟練度にある。弓を手に山を駆け、獲物をしとめ続けていた山賊たちの腕は猟師並みだ。

木々の隙間を縫うように放たれる矢は、川という圧倒的な壁を手にし魔力兵たちを一方的に倒していく。

「怯むな！　どんどん進め！」

指示しているのは魔術師の少年、イドだった。

ビルスの確認している唯一の魔術師、あの少年しか『飛翔』を使えない。

仮に他にいたとしても、魔術師一人程度なら返り討ちにするのみだ。

「攻め手を緩めるんじゃないよ！　ガンガン行きな！」

ビルスがもう片方の攻め手に目をやると、タリアが魔力兵をけしかけている。

妙だ、とビルスが思う。山賊たちが弓を射ようとすると、あらぬ方向へ飛んでいくのだ。

何やらあの女は小さな針で自分の指を刺しているようだが……タリアの能力、『百傷』によるダメージリンクで自傷のたびに敵兵の手元を狂わせているのだがそれをビルスが知る由もない。

「ふぅ、老眼なのであまり夜目は利かないのですがね」

そう呟きながらギタンが無数に生やした触手で矢を弾き飛ばす。

異形はそれだけでなく、その額にはフクロウのような大きな目も生えていた。

「やれやれ、バケモンまでいやがるのかよ」

頭をガシガシと掻きながら、ビルスは舌打ちをする。

「ラミィ、火球を！」

「は、はぃぃ！」

加えてイドとラミィによる魔術の補佐。

それでも向こう岸には多くの弓兵が配置されており、魔力兵も中々進めてはいない。

「最後の攻撃かってくらい力を入れてやがるな。どちらが陽動かわからねェが……これだけで攻め落とせると本気で思ってやがるならおめでたい奴らだぜ」

見せている兵はあれだけではない。後方には新たな弓部隊を用意しているのだ。

もう少し近づいたところで第二射を放てば、壊滅状態に陥れられるだろう。

「テメェら！　どんどん攻撃を続けろォ！」

「おおおお――――っす！」

ビルスの指示の下、部下たちは矢を射続ける。

矢を受けすぎてハリネズミのようになった魔力兵の数体が川に数歩というところまで近

づいてきた。

そのタイミングで後方待機していた弓隊を前に出そうとした、その時である。

「たたた、大変だお頭ァ！」

部下の一人が慌てた様子で本陣に飛び込んできた。

「うるせェなボケ。一体何事だ？」

「敵が……敵が川を渡って来やがった！」

「！」

ビルスの目が大きく見開かれる。

「川下か……！　しかしあそこは泳いで渡れるようなもんじゃねェ。魔術師のガキもこっちにいるぜ」

「それが連中……妙な技を……うっ⁉」

それだけ言って、部下の男は気を失う。

周りにいた者たちも苦悶の表情を浮かべ地面に膝をついていく。

「お、お頭……身体が、動かねェ……！」

「助け……お頭ァ……！」

周りにいた部下たちがバタバタと倒れていくのを見て、ビルスは舌打ちをする。

泡を吹きながら白目を剝く部下たち。

僅かに風下、何らかの毒を撒いているのは明らかだった。

「テメェら、毒だ！　すぐに口元を濡れた布で覆え！」

ビルスはすぐに口元を覆い隠すと、部下たちにも同様の指示を出す。

部下たちが慌てて口元を覆おうとしたが、その前に——

「『動くな！』」

空気を震わせるような声が辺りに響く。

その場にいた全員の動きが、ぴたりと止まった。

と、ほぼ同時にビルスは暗闇を走る無数の白い糸に気づく。

糸は部下たちの身体に纏わり付くと、瞬く間に手足を縛り上げていた。

なんとか躱（かわ）したビルスの背後に、白い影が舞う。

シルファだ。手にした剣の腹部分が月光を反射し闇夜に閃（ひらめ）く。

「くそがァ！」

応対すべく腰の剣を抜こうとしたビルスだが……その手はあるはずの剣の柄を握れず空

を切る。

剣を探すビルスは、馬の腹に隠れている男を見つけた。

その両手足は人体とは思えない関節の曲がり方をしており、男の手にはビルスの剣が握られている。

「悪いが正々堂々戦わせてやる暇はなくてね。ククッ」

バビロンが馬から飛び降り、手にした剣を空中で回転させ弄ぶ。

その隙を白い影——シルファが見逃すはずもなく、ビルスを馬上から蹴り落とした。


「チィ！」


即座に身体を起こそうとするビルスだが、それは叶わない。

首筋には切っ先が突き付けられており、薄皮一枚のところで止まっていた。

「命まで奪うつもりはありません。無駄な抵抗はおやめなさい」

「…………」

しばし沈黙の後、ビルスはため息を吐き両手を上げた。

「……参った。降参だ。俺様の負けだよ」

「ご理解いただけて幸いです」

ビルスから剣を離すシルファ。

しかしいつでも斬撃を繰り出せるよう、シルファは剣の柄に指をかけている。ビルスもそれは理解しており、それ以上動こうとはしない。

「川向こうの奴らで俺たちを引きつけて、その隙に死角から少数で突入ってところか。やられたぜ。しかしあの急流をどうやって渡った？」

「我が主への忠誠があれば、あの程度の急流、どうということはありません」

シルファは目を閉じ、そう答える。

実際はガリレアの糸を紡いで向こう岸へと渡し、身体能力に優れた元暗殺者ギルドを率いて少数での渡河を敢行した。

レンの毒があれば敵の大多数を無効化できるとはいえ、危険な賭けではあった。

それでも何とか上手くいった、とシルファは内心胸を撫で下ろしていた。

対峙してわかる、この者はかなりの強さだ。戦術家としても剣士としても。夜王と謳われるのも理解できる。

兵で勝っていなければ敗北していたのはこちらだったろう、と。

「ともあれ、我々の勝ちです。全員の武装を解除し、我が主への元へ来て頂きます。構いませんね」

有無を言わせぬ低い声に、追いついていたレンは震えた。

シルファがきつめの『お仕置き』をする時の声だった。

だがビルスは可笑しそうにクックックッと笑う。

「悪いが、そいつは出来ねェな」

「……ほう、死にたいと？」

「ってより無理なんだ。俺が指揮してるこいつらだけなら、もう武装は解除してるけどな」

ビルスの言葉を聞いたシルファは、何かに気づいたように目を見開く。

「まさか……」

「あー、俺がこの山の全てを仕切ってるわけじゃねー。俺の兄貴、夜王マルスがその人物さ」

シルファはしまったと息を呑む。

本隊と思い込んでいた、こちらの方が陽動だったのだ。ということは本隊は今——

「お察しの通り、兄貴は今あんたの主の喉元にいるだろうぜ」

そう言ってビルスは、ニヤリと笑った。

「ん、あれはなんだろう？」

山の中、何かが動いてるのが見える。

どうやらこちらに向かってくる一団のようだ。

「もう山賊退治が終わったようですね。戻ってきているのでしょう。流石はシルファたんですな」

「しかしその割には随分急いでる様子ですぜ。何かあったんですかねぇ」

「……いや、あれはシルファたちではないぞ」

近づいてくるのは魔力兵の感覚ではない。

あれは——山賊たちだ。


「敵襲！　敵襲！」

「山賊たちが襲ってきたぞぉーっ！」

残っていた兵たちが声を上げている。

あれはシルファたちと戦っているのとは別の部隊か。

まさかアジトを囮にして引き付けたところで、逆に本陣を狙ってくるとは。

俺もシルファも完全に裏をかかれたな。

「くっ、迎え撃て！」

兵たちは魔力兵を操り迎撃に向かうが、彼らはまだ操作がおぼつかなかった者ばかり。

魔力兵を向かわせるが碌な動きが出来ず、山賊たちの振るう刃にみるみる打ち倒されていく。

「ほう、三百にも満たねぇ少数だが、こっちのヘボさを差し引いても相当強えぞ。完全に翻弄されてやがる。どうやらあの先頭の者が頭みてぇですぜ」

グリモの言葉に視線を向けると、長髪を後ろで束ねた男を見つける。

荒々しい戦いの中でもどこか気品を纏い、涼しげな目元には強い意志が宿って見える。

その男に俺は見覚えがあった。

確か冒険者ギルドの賞金首リストに載ってたっけ。

賞金首になるような輩の中には魔術に長けた者がちらほらいる。面白い奴がいないかと時々見ていたから憶えているのだ。

確か名をマルスと言ったか。

「あの男、どこかで見覚えが……」

ジリエルも見憶えがあるようで、何やら考え込んでいる。

どうやら結構有名な人物のようだな。……おっと、そんな場合じゃなさそうだ。

「相手はこっちの一割にも満たない数だぞ！　早く倒してしまえ！」

「し、しかしまるでこちらの考えが読まれているかのような動きでして……」

「敵の勢い、止められません！」

マルス率いる山賊たちは、魔力兵を打ち倒しながら真っ直ぐ向かってくる。

こちらの動きに驚くほどの速さで対応し、易々とその上をいかれているな。

本体を丸ごと陽動に使う大胆な手際といい、やはり本職の軍師相手に頭脳戦は分が悪いようだ。

「だが、数はこちらが上だぞ」

俺は周囲の魔力兵五百体に集まるよう指令を出す。

ここで奴の勢いを殺せば集まった魔力兵で包囲する形となり、数に劣るマルスらを難なく捕らえることが可能。

「ろ、ロイド様！　魔力兵の動きを止められてやすぜ！」

「更なる別働隊です！」

見れば周囲の魔力兵たちは、山賊たちの壁に阻まれていた。

しまった、突撃前に予め隊を二つに分けていたのか。

無防備な本陣にマルス率いる山賊たちが迫る。

「リル！　お願い！」

「アオオオオ――――ン！」

甲高い鳴き声とともに、魔狼(レッサーフェンリル)、リルが飛びかかった。

山賊の頭ほどはありそうなその鋭い両爪を振り回す。

「ぐあああっ⁉」

「ま、魔獣⁉　なんでこんな所に⁉」

前列の山賊たちを蹴散らしたリルが次に狙いを定めたのはマルスだ。

逞(たくま)しい両脚をバネのようにしならせ、飛びかかる。

「……獣とはいえ、我が道を邪魔するのであれば容赦しません」

マルスはそう呟くと、腰の剣を抜いた。

瞬間、リルの巨体が宙に舞う。

血飛沫（ちしぶき）を撒き散らしながら、リルは地面に堕ちた。

手足をだらりと弛緩（しかん）させ、胸元からは血が流れ落ちている。

「リル――――っ！」

なんと、あのリルを一蹴するとは。

軍師という先入観からひ弱そうだと思っていたが、戦闘力もかなりのものを持っているようだ。


「――終わりです」


俺たちがその光景に目を奪われている間にも、マルスは馬を走らせていた。

既に俺の目前まで迫っている。守る兵もいない。

その上今の俺は魔力を殆ど兵に使っている状態。

省エネの為に結界は張っておらず、完全に無防備な状態だ。

反撃すると魔力兵を解除してしまう。そうなると戦闘中のシルファたちが危ないな。

さてどうしよう。そんなことを考えている間にもリルを倒したその剣が俺の眼前へ迫る。

「ロイド様！」

「危ねぇ！」

グリモとジリエルが俺を守るように前に出た、その時である。

かぁん！　と乾いた音が鳴り、マルスの手にしていた剣が――飛んだ。

くるくると回転し地面へと突き刺さる。その刃には驚愕に目を見開くマルスが映っている。

「な、なんだぁ⁉　奴の剣がふっ飛ばされやがったぜ⁉」

「一瞬、向こうから何かが飛んでくるのが見えましたが……」

飛来した何かは剣を弾き飛ばした後、遥か彼方へと消えていく。

飛んできた先に目を向けると、切り立った崖の上に人影が見える。

あんな遠くからマルスの手元を狙い撃ったのか。

「何やら山が騒がしいと思えば……つくづく縁があるね。状況はよくわからないけれど、修行もひと段落ついたトコある。その成果を見せてあげるよ」

風に乗って流れてきた声は、聞き覚えがあるものだった。

人影は、ぐぐぐと身体を折り曲げると弾かれるように跳んだ。

「んなっ⁉　あ、あんな所から跳びやがったぜ⁉」

「魔術では……ない。純粋な身体能力によるものです！　あ、あれはまさか……！」

影は風に乗ってぐんぐんとこちらに向かってくる。

徐々に大きくなってきて、そして――

とん、と驚くほど軽い音を立てて、俺の眼前へと降り立った。


薄紅色の髪を左右でお団子にして纏め、両手には拳を痛めぬように包帯を巻いている。

真紅の道着に身を包み、その背には大きく鮮やかに描かれた『武』の文字が躍っていた。

マルスは目元を細め、少女を見下ろして問う。

「何者ですか、あなたは？」

「百華拳百八代目当主見習い改め免許皆伝、タオ＝ユイファア。只今参上ある！」

そう力強く名乗りを上げると、タオは拳を構えた。

「タオたんキタ――――――――！！！」

突如、ジリエルが奇声を上げたので口を塞ぐ。

「ふがふが……す、すみません。興奮してしまいまして……」

「ったく何を盛ってやがるクソ天使」

騒がしい二人とは裏腹に、マルスとタオは静かに睨み合っている。

「タオ＝ユイファ……なるほど、その名、その装束、あなたは異国の民ですか。しかし悪いですが女子供とて手心を加える余裕はありません。命が惜しくばそこを退きなさい」

「冗談はやめて最初から全力で来るよろし。イケメンとはいえボコボコにするのに容赦はないよ」

手招きをするタオにため息を返すと、マルスは腰に携えていた剣を抜く。

「――では。こちらもこれ以上問答をしている時間はありませんし、速攻で終わらせて貰います」

マルスの言葉と共に、剣が眩い光を放ち始める。

あれは魔剣だ。しかもただのではない。

魔剣から放出される光の鱗がマルスの身を纏い、全身を覆っていく。

「剣が……鎧になったある⁉」

「へぇ、『守鱗の魔剣』……か」

魔剣の中でも守りに特化したもので、魔力の込められた剣箔が分離し主を守る鱗と化すという特性を持つ。

鱗の部分は、通常の防具よりも遥かに硬い。

通常の魔剣とは異なった製法で作られることから難易度も高く、中々世に出回らない逸品だ。

「ほう、博識ですね。流石はあの第七王子、ロイド様だ」

「俺を知ってるのか？」

「えぇ、有名ですよぉあなた。世間の評価はそれほどでもありませんが、国の要人たちは皆、あなたに一目置いている。私も次期王座はあなただと思っていましたが……まさか自覚がなかったのですか？」

自覚も何も地味な第七王子で通っていると思っているのだが。

俺がきょとんと目を丸くしていると、グリモとジリエルが無言で俺を見つめてくる。

生暖かい視線である。なんだその目、何が言いたい。

「まぁいいでしょう。ともあれこの隊をまとめている君を捕えてしまえばこの戦いも終わる。その為にはまず——邪魔者を倒さねばならないようです」

タオと対峙するマルス、手にした守鱗の魔剣が更に輝きを増し——閃光が辺りを包んだ。

光が収まりそこにいたのは、目元以外全てを覆う全身鎧を纏ったマルスの姿。

む、全身鎧と化する程の質量を持つとは、かなりいい魔剣だな。しかもあのシリーズは

——

「ふっ、気づいたようですね。そう、これは魔術を弾く魔鏡の守鱗。それを鎧として纏っているのですよ。魔術師（キミ）の天敵たるものだ。タオとやら、援護を期待してたなら無駄でしたね」

鎧部分が消滅し、細身となった守鱗の魔剣をタオへと向ける。

それにしても魔鏡の守鱗か。……一度触ってみたかったんだよな。どんな仕組みで魔術を弾くのだろう。気になるぞ。

「ロイド、ここはアタシに任せておくね」

俺がうずうずしているのに気づいたのか、タオがぴしゃりと言う。背を向けているからこちらは見えないはずなのによくわかったな。

うーん、確かに魔鏡の守鱗は気になるけど、タオの修行の成果も見たいもんな。仕方ない、ここは諦めて譲るとするか。あの魔剣は後で回収して試せばいいや。

「ふ、余裕ですね。もしや素手で私とやり合うつもりですか？　残念ながら鎧を纏った私にもはや付け入る隙はない」

「そうあるか。……なら試してみるよ！」

タオが地を蹴り、マルスへと肉薄する。

凄まじい速度だ。両脚に気を纏い、それを爆発させるように放出している。

先刻の跳躍力の正体はこれか。


「はあああああっ！」


高速回転しながらの回し蹴りがマルスの側頭部に炸裂する。

その勢いのまま空中で方向転換し、かかと落としを繰り出す。

そこから更に打突、掌底、からの前蹴り。

ざざざ、と土煙を上げながらマルスが吹っ飛ぶ。


「おおおっ！　スゲェ連撃だぜ！　あの小娘、以前とは比べものにならねぇ速さだ！」

「それに以前より遥かに気の操作技術が熟達している……流石タオたん！　ハァハァ」

打撃の際、タオの背部で火花が散っているのが見える。

気を瞬間的に爆発させることで推進力を得ているから、あの速度での攻撃を可能としているのだろう。

気にはあんな使い方もあるのか。勉強になるな。

しかしタオは構えを解かない。マルスはまだ倒れていない。


「……ふむ、大した動きだ。とても反応できなかったよ」

マルスはゴキゴキと肩を鳴らしながら、ゆっくりと身体を起こす。

その声からはまるでダメージを感じさせない余裕があった。

「だがこの鎧を貫くには至らない。あなたが力尽きるまで殴らせてもいいのですが、生憎こちらも時間がなくてね。斬り伏せさせてもらいますよ！」

「――ふぅっ！」

マルスの繰り出す斬撃をタオは紙一重で躱していく。

見てるこっちがヒヤヒヤする。避けるたび、はらりはらりとタオの髪の毛が宙を舞う。

タオの額にはじわりと汗が滲んでいた。

「あっ、あっあっ、このままではタオたんの玉のお肌が切り裂かれてしまいます！　あぁもう見ていられない……！」

「あの男、相当強ぇですぜ。しかし何だってこんな奴が山賊なんかやってんだ?」

それは俺も疑問に思っていた。これ程の腕、知略があればいずれの国も放っておかないだろうに。

そんなことを言ってる間にも、マルスの連撃は続く。

「やべぇぜ。更に余裕がなくなっていやがる。もはや刃と身体の隙間は数ミリにも満たない程度だ」

「ああー、も、もうダメだぁーおしまいだぁーっ!」

しかし、そうはならない。

現にマルスはかなり焦っているようで、剣は空を切り続けている。

何故当たらないのだ、と顔に書いているようだ。


「……なるほど、ギリギリだからこそ躱せているのか」

攻撃を大きく動いて回避すると、その分次の動作が遅れる。

故に達人同士の戦いでは出来るだけギリギリで回避するのが勝負を分けることもある、とシルファが言っていた。

視覚だけに頼らず、聴覚、触覚、経験……その他諸々の感覚に全神経を傾けて動く必要があるとか。

「確かにさっきから全く攻撃を受けてねぇ。あの男もだいぶ焦ってるみたいですぜ」

「……言われてみればその通りです。しかしならば何故反撃しないのでしょうか？」

「気を溜めているんだ。あの鎧を打ち破れるほどの気を」

生半可な攻撃では鎧を纏ったマルスにダメージを与えられないのは実証済み。

故にタオは反撃をせず回避に専念、気を溜めているのだ。


「だがよぉ、幾ら気を溜めてもそれで守鱗の魔剣を貫くのは難しいんじゃねぇのか？」

「えぇ……守鱗の魔剣が変形した鎧は当然その刀身と同じ硬さを誇る。とてもではないが殴って破壊できるものではありません。タオたんハラハラ……」

グリモとジリエルの言う通りだ。そもそも魔剣自体が非常に丈夫で素手で折れるようなものではない。防御に特化した守鱗なら尚のこと。

だがタオが狙っているのが魔剣の核なのだとしたら話は別だ。

魔剣にはその力を制御する核が存在し、それを破壊されれば魔剣はたちまちただの剣と化す。

もちろんそれは巧みに隠されており、下手をすると所有者ですら知らないこともある程だが。それでも今のタオなら何とかしてしまうかもしれない。そんな凄味を感じられた。

「いくあるよっ！」

ようやく気を溜めたのか、ついにタオが攻撃に転じる。


「はぁぁぁぁぁっ！」


裂帛（れっぱく）の気合と共に振り下ろされるマルスの斬撃をくるりと半回転して躱した後、タオの拳が唸る。

真っ直ぐ、迷いなく、まるで狙う個所は初めから決まっていたかのように。

凄まじい量に練り上げられた気の塊が螺旋（らせん）を描きながら、マルスの胴に叩き込まれた。


「百華拳奥義――火々気功竜掌（カカキコウリュウショウ）」


ずん！　と、衝撃音と共に空気が震える。

一瞬の静寂はぴし、と乾いた音で破られた。

鎧の胸甲部から生まれた小さなヒビは、徐々に広がり、全身隅々にまで伸びていく。

魔剣から魔力が霧散し、消えていく感覚。どうやら見事に核を貫いたようだ。

そして一本の深く、大きなヒビ割れが鎧を縦に裂いた。

「ば、かな……」


丸裸にされたマルスの身体がぐらりと揺れ、そのまま地面に倒れ伏した。

――残心、長い呼吸を終えた後タオがこちらを振り向く。


「ふー、危ないとこだったね。ロイド」

「助かったよタオ。それにしてもまさかこんなところで出会うとは思わなかった」

「ははは－、驚いたのはアタシもある。でも間に合ってよかったよ」

からからと笑うタオ。

こうして見ると以前より気の総量がかなり増えているのがわかる。

「相当修行を積んだみたいだね」

「……ま、手痛い敗北を喫したある。少しはやる気も出さないとね」

照れ臭そうに言うタオだが、少しなんてもんじゃなかったぞ。

あの身のこなし、気の総量、以前とは桁外れだ。それに――

「今の一撃、魔剣の核を見抜いていたのか？」

「さぁ？　核なんて知らないよ。でもアタシの心の眼が拳を導いたある」

そう言ってタオは目を閉じて拳を握る。

――心眼、そういえば異国にはそんな技術があると聞いたことがある。

視覚に頼らず心の眼を使うことで、目に見えないものまで見えるとか……眉唾だと思っていたが、あんなものを見せられたら信じるしかないな。

ともあれ、タオは修行により随分成長したようだ。

「ぬはーっ！　タオたんの新コス！　ハァ！　ハァ！」

興奮するジリエルにぴしゃりと手打ちして黙らせる。

そういえばいつもと衣装が少し違うな。基本は元の赤い武闘着だが、ちょっとずつデザインが違うな。

白いマフラーと腰に付けた瓢簞（ひょうたん）が特徴的だ。

「しかしロイド、こんなところで何してるあるか？　兵士や王女サマまでいるみたいだけど」

「実は……」

俺はタオに一部始終を話した。

魔物の大暴走により国が危機だということ。

それを防ぐ戦いに、俺もまた軍を率い向かっていること。

軍師として山賊の頭を仲間に加えにきたこと。

「……そして今に至る、というわけさ」

「ふむふむ、それは何とも一大事あるな」

俺の言葉にタオは笑顔でどんと胸を叩いて応える。

「そういうことならアタシも一緒に行くよ。修行の成果を見せるいい機会ね！」

「ありがとうタオ、とても助かるよ。……おっと、グリモ、ジリエルもさっきはありがとな」

先刻、マルスが切りかかってきた時、二人が身を挺して庇おうとしてくれたことへの礼だ。

あの時は魔力も尽きかけていたからな。あのまま攻撃を喰らったら危なかった。

「い、いやなんつーかその……くそっ、魔人である俺が思わず飛び出した、なんて言えるかよ……」

「ふっ、こういう時は素直にお言葉を頂いておけば良いのだ。身に余る光栄ですロイド様」

俺の言葉にグリモは顔を赤らめ、ブツブツ言っている。何だか複雑そうだ。

本当に助かったよ。あのまま攻撃を喰らっていたら――俺が普段溜めている非常用の魔蓄石を解放せざるを得なかったからな。

ポケットの中で石をジャラジャラ触る。魔蓄石は貴重だからな。あまり壊しすぎると調達に時間がかかるのだ。本当に助かったぞ二人共。

グリモとジリエルを撫でると、二人はどこか照れくさそうに、しかし誇らしげにしていた。

っと、そんなことよりも……俺はマルスへと視線を向ける。

「単刀直入に言おう。今サルームは国難に瀕している。軍師として俺の力になって欲しい」

マルスは倒れ伏したまま視線を動かさず、答える。

「……なるほど、私を軍師として雇いたい、ですか」

しばし考えた後、マルスは首を横に振った。

「残念ですがお断りです。私はもう軍人なんて懲り懲りなんですよ。こうして気ままに生きているのが性に合っている」

「はっ、山賊が何を言ってるね！」

「我々は自ら人を襲ったことはありませんよ。今回は防衛の為に仕方なく、です。戦いなんて基本的に手間がかかるだけですからね。全く非生産的です」

そういえばガリレアが彼らは山賊だが無暗に人を襲わない、とか言っていたっけ。

だから俺の誘いにも乗れないというわけか。そいつは困るな。

どうしたものかと考えていると、俺の背後から人が出てくる。

「あなたは……もしやマルスさん、ですか？」

イーシャだ。マルスは慌てたように頭を下げた。

「こ、これは教皇様！　何故このような場所に……？」

「大暴走を止める為です。……話を聞いた時にもしやとは思いましたが、やはりそうだったのですね」

どうやら二人は知り合いらしい。

イーシャは現教皇だし、色々な会に出席する機会があるだろう。知り合う機会があってもおかしくはないか。

「そうだ！　思い出しましたよロイド様！　マルスは北の帝国にいた軍師だ。長い戦争に辟易し、数年前に平和なサルームへ亡命してきたんです」

突然ジリエルが声を上げる。そういえばさっき見憶えがある、とか言ってたっけ。

「帝国軍人にしては珍しく信心深い男だったから憶えていたんですよ。味方の被害を抑えるよう戦うには敵を効率よく殺し続けなければいけない……そうして手柄を立てていったマルスですが、戦の絶えない帝国では戦いは終わるどころか激化し続けるばかり。それに嫌気が差して亡命してきたのですよ」

「あぁ、手配されていた理由はそれか」

元帝国軍師の亡命なんて、簡単に許すわけにはいかないだろう。重要な機密も持っているだろうしな。

冒険者ギルドに手配書が回っていたのも頷ける。

「この辺りの山は教団の所有地だったのですが、山賊が住み着いてからは誰も立ち入れなかったのです。しかしマルスさんが来て山賊たちをまとめ上げてくれたのですよ。おかげで住民の被害が減り、助かっていたのですが……」

「ええ、落ち着いたところで私の方から教皇にお願いに赴いたのです。周りの人間に被害を出さないことを条件に、山へ住まわせてほしいとね」

マルスの言葉に頷くイーシャ。なるほど、そういう繋がりだったのか。

最初は排除しようとした軍がそれ以上手を出さなかったのは、教皇であるイーシャが許可を出したからなのだろう。

「私からもお願いしますマルスさん。どうかロイド君の力になって頂けませんでしょうか？」

両手を胸の前で握り締め、目を伏せるイーシャだが、マルスはやはり首を横に振る。

「お世話になっている教皇の頼みであれば是非とも聞いて差し上げたいところですが……」

「何故です？　ロイド君は無辜の民が犠牲にならぬよう戦っているのです。それはあなたの思想と同じなのではありませんか⁉」

「……確かに私は命の奪い合いは嫌いだ。自己満足かもしれないが、無為に命を奪ったことがないのが私の最低限の矜持です。しかしこの少年は私を得る為だけに山を襲い、部下たちの命を奪った。あまりに身勝手な行為ではありませんか。そんな彼に協力しろと？」

マルスが睨みつけると、その迫力にイーシャは口を噤んだ。

確かに自衛の力は絶対に必要だ。それがなければ敵に襲われた時になすすべなく殺されてしまう。前世での俺のように。

「とはいえ、教皇様がそこまで仰るのであれば私としても無下には出来ますまい。どうでしょう？　ここはひとつロイド様、私と知恵比べをいたしませんか？」

「知恵比べ？」

「はい。ロイド様は兵棋(ヒョウギ)をご存じですか？」

「そりゃまぁ、知っているけど……」

兵棋は大陸全体で遊ばれている知的遊具である。それなりの地位を持つ者なら知らない方がおかしい程だ。

俺の返事にマルスはにっこりと笑って頷く。

「それはよかった。実は私もそれなりに嗜(たしな)んでいましてね。もし私を打ち倒すことが出来たならこのマルス＝ジルオール、ロイド様に忠義を誓うと約束いたします——というのでどうでしょう？」

ふむ、どうやら相当自信があるようだ。

断っても話は進まないだろうし、ここは話に乗ってみるのも悪くないか。

俺もそれなりにやる方だし、勝てば素直に言うことを聞くだろう。負けたらその時に考えればいいや。

「でも盤がないけど」

「必要ありません。ここを使いますので」

マルスはトントンと指で頭を叩いた。

「――では行きますよ。……七7兵」

マルスの言葉で駒が動く。俺たち二人の脳内にある盤上で。

盤がなければ頭の中で打てばいいじゃない、というわけだ。

目隠し兵棋と呼ばれるやり方で、当然上級者向けである。

「三2騎」「八1魔」「二6弓」「四5王」「七4兵」「三2魔」……

うっ、くそ。こいつめちゃくちゃ強いぞ。シュナイゼルに匹敵する腕前だ。

しかも盤上は頭の中――つまり駒の配置を全て覚えている必要があり、ついていくだけで精一杯だ。

その上相手にはまだまだ余裕が感じられる。

「どうしました？　これで終わりですか？　八5将」

「ま、まだまだ！　四2兵」

「八4弓。……ふむ、立体的な攻防を行う兵棋を、しかも目隠しでついてくるとは……これでも国内十指に入る腕前なのですがね。しかし妙だ。基本的には相手の邪魔に終始する非常に嫌らしい打ち筋なのだが、時に非合理な判断をしてまで捨て駒を打たない。これさえなければ私も本気を出さざるを得ないのだが……何か思惑があってのこと、か？」

マルスが何やらブツブツ言っているが、こっちはそれどころではない。

目隠しだと自分と敵の持つ駒の管理まで気が回らないから、捨て駒を打つのは危険だ。

そうせぬよう、頭をフル回転させながらついていく。

どれくらい経っただろうか、馬の蹄が地面を叩く音が聞こえてきた。

「ロイド様！　ご無事でしたか⁉」

「シルファ！　……ちょ、少し待ってくれ」

いきなり出てこられたら頭の中がごちゃごちゃになる。

えーと確かあそこがあーなって、ここがこーなって……

「……これは、どういうことです？」

マルスが驚いたような声を上げる。

戻ってきたシルファは山賊たちをガリレアの糸で縛り連れてきていた。

「ロイド様、ご命令通り一人も殺さず制圧してまいりました」

「馬鹿な！　要塞化した山に練兵を重ねた者たち……それを殺さずに制圧しただと⁉」

「あー……マジだぜ。兄貴」

黒髪の山賊らしい格好をした女がマルスに言う。

「こいつら俺たちを誰一人殺さずに捕獲しやがった。信じられねぇのは俺様も同じだ。全くふざけた野郎どもだぜ」

「……ふ、ははっ！　ふはははははっ！」

女の言葉を聞いたマルスが大笑いを始めた。

いきなりどうしたのだろうか。


「いやぁ参った。なるほどなるほど、あなたの打ち筋、そういう意図だったのですね」

なんだなんだ。俺が戸惑っていると、マルスは俺に跪いてきた。

「感服いたしました。ロイド様」

「え？　なんだって？」

「私の負けだと言ったのですよ。このマルス、粉骨砕身、あなた様に仕えることを誓います」

マルスの言葉に、その場の者たちはわあああああ！　と歓声を上げた。

「やるわねロイド、あんたがこんなに兵棋が強かったなんて知らなかったわ」

「すごいわロイド！　全然わかんなかったけど勝ったのね！」

「状況は全くわかりませんが……流石ロイド様でございます」

いや、勝ってはいない。むしろ負ける寸前だった。

一体どんな心境の変化だろうか。


「先の一局、ロイド様は徹底して捨て駒を作らなかった。これは『決して自分は人を使い捨てる人間ではない』という私へのメッセージ。かつて帝国軍師として戦果の為に犠牲に目を瞑(つぶ)るような勝利を重ね、しかし自身も駒のように捨てられた私の過去を知ってのことでしょう。それを裏付ける為に山賊(われら)の命を奪わず制圧を行った。……ふっ、最初から手のひらで踊らされていたというわけですか。全く以(もっ)て恐ろしい方だ……」

マルスが何やらブツブツ言っているが、どうしたのだろう。

ま、ともあれ彼らの協力を得られてよかったといったところか。

そんなわけで、マルス率いる山賊たちが俺の隊に加わったのである。

「私はあくまで参謀として参加いたします。ロイド様の命令でなければ兵たちも動かないでしょうからね」

「ふむ、妥当なところかもしれないが……」

元帝国軍師とはいえ、山賊だったマルスが直接命令しても、誰も聞かないだろう。

でもそれだと当初の目的である俺が自由に動き回れ……じゃなくて戦場を隅々まで見回りながら、迅速に指示を出すというのが出来ないんだよなぁ。

どうしたものかと考えていると、シルファが前に出る。

「ではこういうのはどうでしょう？　私がこの者について行き、代わりに指示を出すというのは。皆も私の命であれば素直に従うでしょうし、しくじれば斬り捨てればいいだけです」

おいおい、そりゃあちょっと物騒すぎないか？

俺がドン引きしていると、マルスが頷く。

「それはいい考えです。そこまでしなければ私などの言葉は届かないでしょうからね」

いいのかよ。と内心つっ込む。

二人とも口元に笑みを浮かべてはいるが、目は笑ってない。

「やれやれ、相変わらず物騒な女ある」

「あなたは……来ていたのですか」

ひょっこり顔を出すタオを見て、シルファは少し驚いた顔をした。

「ふふーん、ロイドがピンチだったからね。ちゃーんとアタシが助けたよ。感謝すると良いある♪」

得意げに胸を張るタオを見て、シルファはふぅとため息を吐く。

「……そうですね。感謝します」

「あら、ずいぶん素直ね」

シルファの言葉に今度はタオが目を丸くした。

「ええ、よくぞ来てくれました。本当にありがとうございました」

「な、なんかそこまで言われると照れるあるなー」

深々と頭を下げられ、タオは顔を赤くしている。

いつも喧嘩(けんか)してばかりのこの二人が素直だ。珍しいものを見て皆も驚いている。

「枯れ木も山の賑(にぎ)わい。いないよりはマシだと言っただけです。照れないで下さい。気持ち悪い」

「のあっ⁉　こ、この性悪メイドー！」

と思ったらすぐにいつもの二人となった。

ま、喧嘩するほど仲がいいって感じなのかもしれない。

こうしてタオとマルスらを加えた俺たちは、大陸門へと向かうのだった。

ぐごぎゅるるるる、と大きな音が鳴る。

俺たちの後方を行くビルス隊の者たちの腹の音だ。一人二人ではなく、何十人もの大合唱になっている。

「なァオイ。腹が減ってきたぜ。そろそろメシにしねーかい？」

言われてみれば朝から移動しっぱなしで、軽い休憩しか取ってなかったからな。

俺も腹が減ってきたところだし、いい考えだ。俺がそう言おうとするとシルファが首を横に振る。

「もう少しお待ちなさい」

「えー、何でだよオイ」

「美味ぇメシを作ってくれよメイドさんよー」

抗議の声を上げるビルス兵たちをひと睨みで黙らせた。

その様子を見ていたマルスがくっくっと笑っている。


「我々との戦いでかなり時間を費やしましたからね。それを取り戻そうと食料を積んだ輜重部隊と本体をを切り離し、こうして先行させることで進軍速度を上げている。そして補給はここから先の村で行う、と言ったところですか」

「……その通りです」

不満げに答えるシルファ。

すごいな。シルファの考えを見事に当てるとは。

「やるじゃないかマルス」

「いえいえ、彼女こそ若いのにしっかりしている。剣術の腕もさることながら、軍の運用まで心得ているとは大したものです。……しかし」

そう言ってマルスは考え込むように顋を撫でる。

「私がシュナイゼル殿下でしたなら、件の村に食料を残しておきませんがね」

「？」

マルスの呟きに首を傾げながらも、俺たちは馬を進めるのだった。

しかしそこで見たのは焼き払われ、徹底的に打ち壊された無人の村であった。
半日後、俺たちは予定通り村へ着いた。
「な……これは一体どういうことですか……？」

「ふむ、やはり……」

「さっき言っていたのはこういうことだったのか？　マルス」

「えぇ、離れているとはいえ、この村は魔物たちの通り道。住民たちを避難させたのでしょう。そこに食料を残しておけば、敵は腹を満たして力一杯攻撃してくる。故に食料を焼き払ったのです。しかしここまで徹底しているとは、シュナイゼル殿下の手腕は見事なものですなぁ」

「あーあ、この様子じゃメシの一粒も残ってなさそうだなァ。だからあの時、輜重部隊を待ってメシにしとけば良かったのによォ」

ビルスが不満を声にして、部下たちはそうだそうだと騒ぎ立てる。

「二人とも、わかっていたならはっきりそう言えば良かったじゃないか」

「新参者である我々の信用などないも同然ですからね」

「それに嬢ちゃんの行動もまぁわからんでもねーからな」


マルスらに協力を要請したとはいえ。あくまで軍の指揮はシルファが握っている。新参者が真っ向から反対意見を出しても採用されるはずがないので、軽い忠告くらいにしたというわけか。


それを聞いたシルファはやれやれとため息を吐いて、二人を睨む。

「二人とも、今後そのような気遣いは一切無用です。我々は立場は違えど皆、ロイド様の元に集まった同志。何よりもロイド様の利益こそが優先されます。無駄な忖度などせず遠慮なく自分たちの意見を述べなさい。でなくてはあなた方に協力を要請した意味がありません」


ぴしゃりと言い放つシルファ。二人は顔を見合わせた後、頭を垂れた。

「……そういうことでしたら承知いたしました。試すような真似をして申し訳ありません。シルファ殿」

「へいへい悪かったよ。じゃあ以後、そーさせて貰うぜ」

頷くシルファ。その目から警戒の色がほんの少し薄れた気がした。

「恐らくシルファたんはあの二人を試したのでしょうな」

「実力、気質の両面からロイド様の味方足り得るかってとこか。まぁ何処の馬の骨かわからねー輩に大事な主を近づけるわけにはいかねーからなぁ」

なるほど、シルファは二人が自身の評価を把握した上で、ちゃんとした行動を取れるかを見ていたのだ。

忠誠を誓ったとはいえ二人は元山賊、いつにもまして俺を気遣うのも無理はないだろう。元々シルファは俺が素性の知れない人と接触していると凄まじい殺気を放つからな。二人はあまり気にしてないようであるが。

「……よろしい。で、そんな優秀なあなた方が意見だけ述べて対策を講じてないなんてことはないのでしょう？」

「ええ、もちろんですとも。皆の者――突撃」

「おおおおおおおおっ！」

マルスの号令で兵たちは突撃していく。彼らの向かう先は――山だ。

兵たちはあっという間に木々の中に姿を消してしまった。しばらく待っていると、山菜や獣を手にした兵たちが次々と戻ってくる。

「へへっ、ちょっと入っただけで大漁だぁ。山菜取り放題だぜ！　ひゃははっ！」

「こっちも丸々太った獣たちがウロウロしてやがるぜ。中々豊かでいい山じゃねぇか！」

いい笑みを浮かべながら、兵たちは俺たちの前に食料をどさどさ置いていく。

腹を空かしたこちらの兵がそれを見て感嘆の声を上げた。

「我らは山賊、山での食料調達はお手のものです。大陸門への距離を考えればこれくらいの食料があれば問題ないでしょう」

「俺たちが山での暮らし方をみっちり仕込んだからなァ。こいつら全員、数ヵ月程度ならサバイバルも可能だぜ」

兵たちを語る二人はどこか誇らしげだ。

俺も何度か山に入ったことはあるけど、山菜や獣を見つけるのは相当慣れていないと難しいのに、良く鍛えられているな。

そんなことを考えている間にもどんどん食料は運ばれている。

「おいおい奴ら、幾らなんでも採り過ぎじゃねぇか？　森が荒れちまうぜ」

「恐らくこれから来る魔物どもが食料を調達できないようにもしているのでしょう。そこまで考えての命令かもしれませんね」

見れば兵たちは他の森にも広がっている。

簡単に見つかるような場所に食料がなければ、それだけ魔物の足も止められるか。

「さ、こっちは食料は十分ゲットしたぜ？　あとはメイドさんの美味い手料理を食いてェよなぁお前ら？」

「うおおおおおおおおっ！」

ビルスの言葉に同意するように、兵たちは雄たけびを上げる。

シルファはため息を吐いてエプロンを纏うのだった。

「何だこりゃあ⁉　こんな美味ェモン食ったことねぇぞ⁉」

「おう、おう！　美味すぎるぜこいつはよ！」

「美ッッッ味ェェエっ！」

兵たちがガツガツと食べるのを横目に、シルファが調理をしている。

とんでもない速さで食材が捌(さば)かれ、次々と料理が出来上がっていた。

「す、すごいよシルファさん。ボクに料理を教えてくれてる時はあんなに速くないのに

「……」

「うーむ。やるあるなメイド。アタシも料理の腕はそこそこと自負してるけど、鬼っ速ある」

レンとタオも驚いている程だ。あれはラングリス流を応用した調理術だな。何度か見たことはあるが、いつ見ても凄いの一言である。

その速度は兵たち全員が食べ終わるよりも上で、ついでとばかりに保存食まで出来上がっていた。

シルファの本気、久しぶりに見たぞ。

「いやぁ見事なものですね。あなたの隊にいれば食べ物には困らなさそうだ」

「あなた方が食料を手に入れてくれたおかげですよ。……と、私へのテストはこんなものでよろしいのですか？」

シルファの言葉にマルスはくっくっと笑みを浮かべて返す。

「ふふふ、そういうつもりはなかったのですがね」

「ま、自分の発言には責任を持てるくれぇの能力はある。あまり指揮官向きとは言えねェが、悪くはねーと思うぜ？」

「口の減らない……」

二人の言葉にシルファはもう一度ため息を吐くのだった。

そうして道中は問題なく進み、半日ほどしてようやく辿り着く。

「おおー、ここが大陸門か」

話には聞いていたが、相当デカいな。

山と山の間をくり抜くようにして出来た巨大な門。

その大きさは尋常ではなく、そこにいる兵士たちがまるで豆粒のようだ。

門に近づくにつれ、兵士たちが増えてくる。

「やぁ、来たようだね。ロイド」

兵士たちを割ってアルベルトが声をかけてきた。

「遅くなりました。アルベルト兄さん」

「なに、サイアスたちも今着いたところさ」

アルベルトの横にいたサイアスがふんと鼻を鳴らす。

「我らより先んじていたにもかかわらず、遅い到着だったね」

「あぁ、隊の増強をしていたんだよ。ほら、結構増えた」

俺が後方に続く山賊たちへと目をやると、サイアスはそれを見て鼻で笑った。

「……ふっ、戦力増強というから何かと思えば山賊が少々増えただけではないか。笑わせてくれる」

マルスがアルベルトの前に進み出ると、恭しく礼をした。

「サルーム第二王子アルベルト様でございますね。この度、ロイド様の隊の末席に加えさせて頂きました。マルスと申します。以後お見知り置きを」

「君は……もしや帝国最強の軍師と謳われたマルス＝ジルオールなのか⁉　何故こんなところに……？」

マルスを見てアルベルトは驚いている。

「昔の話です。帝国を追われた私は妹と山で暮らしていたのですが、気づけば大所帯となり恥ずかしながら山賊などと呼ばれておりまして。……この度はロイド様の心意気に感服し、同行することになったのです」

「おお……あのマルス殿が軍師として働いてくれるならまさに千人力だ！　ロイドをよろ

しく頼む！」

アルベルトと握手するマルスを見て、サイアスはあんぐりと口を開けている。

「あの軍神と謳われたマルスが何故ロイドの元へ⁉　しかもよく見ればあの山賊たち、三千はいるのではないか⁉　となるとロイドの兵は一万四千、我らの倍ということに……信じられん……どんな悪夢だこれは……？」

茫然自失といった顔でブツブツ言い始めるサイアス。一体どうしたのだろうか。

長旅と訓練で疲れてなければいいけれども。心配だな。

「ともあれロイド、力強い味方を揃えたようだな。先行した物見によると、魔物どもは明日の早朝には門に来るようだ。今日はここで兵たちと共にゆっくり身体を休めるといい」

「はいアルベルト兄さん」

「うん、では明日な」

アルベルトに別れを告げ、俺たちは天幕を張り始める。

作業を行うのは魔力兵だし、張り終えたら外で待機させておけばいいので皆スペースを広々使えていた。

「ふー、一息つけたな」

俺は魔力兵を入り口に立たせ、用意したベッドに横たわる。

流石にこれだけの魔力兵を長時間維持するのは疲れるな。

皆の操作技術もかなり熟練してきたようだが、各々の操作方法が微妙に異なっており、その差異を見比べるのもまた面白い。

今は術式に記録しておいたログを漁っている。

ふむふむ、一言に魔力操作と言っても、色んなアプローチがあるものだな。参考になるなー。

「ロイド様、失礼いたします」

「……ます」

いきなりの声に振り返ると、そこにはシルファとレンがいた。

「シルファ、それにレンまでどうしたんだ？」

「本日は色々とお疲れでしたでしょう。汗をお流ししようと思いまして」

「来ました。……着替えて」

よく見れば二人は水着姿になっている。

レースが付いているので気づかなかったな。

「いや、どう考えても気づくでしょう……魔術以外全然興味ねーんですな」

「……ッ！　これは……これはぁぁぁッ！　なんという至福！　もう私、死んでもいい……！」

呆れるグリモと鼻血を流しながらビクンビクン痙攣(けいれん)しているジリエル。

一体どうしたのだろうか。

「湯浴みの用意はこちらに。それではお身体失礼致します」

「じ、じゃあボクは背中を……」

では俺は途中やめになっていた魔力兵の操作改善を再開するか。

軍事魔術の書を活用した術式の改善ももうすぐ終わる。

特秘の部分を解読し、効率化に特化した部分のみを抽出。片っ端から術式を抜粋し再構築することで、俺の魔術も随分と効率化が行えた。

いやー中々苦労したな。パターン化されてない暗号から特定の術式を探し出すのは、いわば複数種のパズルピースをごちゃまぜにして各々パズルを完成させるようなもの。

複数の軍事魔術の書があったからある程度の完成形が予想できた為、目当ての術式を特定できたのである。

ま、これはこれで楽しかったけどな。

細かい計測はしてないが、俺の負担も半分くらいに減っているはず。

しかもまだまだ改善の余地はある。戦いが始まるまでに出来る限り効率化しないとな。

二人に身体を洗われながら、俺は術式を弄り続けるのだった。


——そして、夜が明ける。

シルファに支度されていると、天幕を開けてアルベルトが現れた。

「おーいロイド、起きてるかー」

「おはようございますアルベルト兄さん。もう出撃ですか？　少し早いようですが……」

「今から軍議なんだが、本来は僕だけのはずがロイドも連れて来るよう言われてね」

「俺を、ですか？　うーん、どうしてでしょう……？」

「さぁ、どうしてだろうねぇ？」

アルベルトが俺を見てニヤニヤしている。

何か心当たりでもあるのだろうか。わからん。

「マジでわからねーんですかいロイド様……」

「それほど評価されているということでしょう。喜ばしいことです」

特に評価されるような事をしたつもりもないのだが。

ともあれ呼ばれた以上、断るわけにもいかないか。

俺はアルベルトに連れられ、シュナイゼルの待つ天幕へ向かう。

沢山の天蓋が並ぶ中、一際大きい天蓋の中に足を踏み入れた。


「アルベルトただいま参りました。ロイドも一緒です」

「失礼致します」

アルベルトに続いて中に入ると、シュナイゼルを中心に数人の将軍たちが俺たちをじっと睨みつけてくる。

重苦しい雰囲気だ。場違い感がすごい。


「よっ、二人ともよう来たのう」

そんな中、クルーゼ一人だけが空気を読まず俺たちに声をかけてくる。相変わらずマイペースな人だ。


「何故ロイド様が……?」

「今から大事な会議だと言うのに……」

俺を見た他の将軍たちがどよめく。

「おぬしら、少し静かにしておれ」

それをクルーゼが咎めると、皆は慌てて口を噤んだ。

静かになったところでシュナイゼルが机の上に地図を広げる。


「では配置を伝える」

地図に駒を次々と並べていく。

門の前列にクルーゼ率いる第二部隊。

門の上にシュナイゼル率いる第一部隊。

門の両脇に第三、第四部隊。

そして後方、予備隊としてアルベルト率いる第五部隊が置かれた。


「魔物は大陸門に真っ直ぐ向かってきている。まずは第二部隊がぶつかり、第一部隊が後方から適宜支援を行う。第三、第四部隊は戦力を維持しつつ支援に回れ」

「……我々は待機、ということですか？　第一部隊と第二部隊だけで戦線を維持すると……？」

「相手は魔物、考えなしに突っ込んでくるでしょうし、わざわざ待機する意味が見えませんが……」

第三、第四部隊の隊長が抗議するが、シュナイゼルはそのまま言葉を続ける。

「物見に探らせたが魔物どもはどこか妙な動きをしている。初手から全戦力をぶつけるのはリスクが高い」

「しかし第二部隊だけであの数を受け止められるとは思えません！」

「そうです！　それに折角門があるのですから、もっと有効利用すべきですよ！」

抗議しかけた二人だが、シュナイゼルが睨むとそれ以上言い返せずに黙ってしまった。

「はっはっは！　相変わらず慎重じゃのー。まぁ此度の大暴走は規模が違う。門に引きこもっておっても、奴ら仲間の死体を階段にして越えてくるかもしれんしの。……よかろう、我ら第二部隊が先制し、魔物どもに大打撃を与えようではないか！」

「頼むぞ」

クルーゼの言葉に小さく頷くシュナイゼル。

性格の違う二人だが、互いへの確かな信頼を感じる。

ずっと共に戦場を駆けてきた二人だからこその絆といったところか。

「シュナイゼル兄上、僕たちはどうすればいいのですか？」

「第五部隊は遊撃だ。便宜上後方待機だが、何かあればその都度私が指示を飛ばす。特にロイド、覚悟しておけ」

「なるほど、それでロイドを呼んだというわけですね」

「うむ」

何やら二人で納得しているが、一体何がなるほどなのだろう。俺は自由にやりたいのだが、こき使われそうである。

いや、しかし大手を振って戦場を駆け回れる、ということでもあるのか。それはそれで……

なんてニヤニヤしていると、慌てた様子の兵士が飛び込んできた。

「た、大変ですシュナイゼル様！　魔物の群れがもうそこまで来ておりますっ！」

「ふむ、想定通りだな」

シュナイゼルはそう短く呟いて立ち上がる。

どうやら始まるようだ。ワクワクしてきたぞ。

「行くぞ、我らの双肩にサルームの未来がかかっている」

「おおおおおお‼」

全員それに呼応するように立ち上がると、気合に満ちた声を上げるのだった。

丁度各々が配置に付いた辺りで戦闘が始まった。

通信にも使えるということで、今回の戦場に多数持ち出されているのだ。

これはゼロフとディアンが共同開発した魔道具で、遠くの光景を映し出すことができる。

魔力板に映し出された戦闘光景を見て俺は感嘆の声を漏らす。

「うわぁー、これはすごい数だなぁー」

ずどおおおおっ！　と光の帯が魔物の群れを横断するように走り、その直後大爆発が巻き起こる。

大型ゴーレム、ディガーディアの砲撃だ。

五軍の最後尾には火力特化装備に換装したディガーディアが配置されており、砲撃にて支援を行っている。

「ふむ、長距離魔力砲の威力は上々と言ったところか」

「かなり重量があるので機動力は本来の二割も出せませんし、次弾装填(チャージ)にも時間はかかりますが、移動砲台としては十分でしょう」

ディガーディアが砲撃するたびに敵の塊を吹き飛ばし、敵陣に大きな穴が空く。

こういう時、大規模火力は役に立つな。色々な換装機の開発を手伝っておいてよかった。

正面で戦っているクルーゼ率いる第二部隊の攻撃も凄まじく、突撃のたびに魔物たちが吹っ飛んでいる。

それは比喩ではなく実際にの話だ。

まるで急流……相手の攻撃をいなし、自軍の流れに巻き込んでいき、そして今まで溜めていた力をぶつけて食い破る。そんな戦い方だ。

「あの軍恐ろしく強いね。多分ほとんどの兵が気を使えるよ。特にあの将、皆の気を一つに束ねて敵の弱い所にぶつける戦い方はアタシの国でも真に強い将しか出来ないことある。――大将軍、それがこの国にもいるとはね。あんな戦い方見せられたらウズウズしてくるよ」

タオがクルーゼの戦い方を見て、嬉しそうに唸っている。

やはりというか、相当の強さなんだろうな。

そういえばクルーゼは若い頃に武者修行と称して世界を回り、名だたる猛者たちと戦ったことがあるとか聞いたことがある。

タオの故郷へ行って気を学んでいてもおかしくはないか。

「おおお――――！　我が軍が押しているぞ！」

「流石はクルーゼ様、素晴らしい戦いぶりだ！」

「おいおい、まだ始まったばかりだぞ」

それを見て盛り上がる兵たちを、アルベルトが窘める。

とはいえ状況がいいに越したことはない。

アルベルトの顔にも余裕と安堵の色が見える。

「……ん、何かおかしくねーですかい？」

魔力板に映った映像を見ていたグリモがぽつりと呟く。

「さっきからどーも違和感があったんだがよ、そこらに転がってたはずの魔物の死体が消えてやがるんだ。それも塊単位でゴソッとだ」

「ふむ、気のせいでないとすると……共食いではないのか？」

「いいや、そんな様子はねぇ。何かが起こってやがるぜ……？」

実は俺もさっきから何となく違和感を感じていた。

魔物の大暴走（スタンピード）は基本、凶暴な大型魔獣や昆虫種が多いはずなのだが、今回のそれは妙に不死種族が多い。

グリモの言葉と何か関係があるのだろうか。

注意深く見ていると、倒れていたはずの魔物の死体が動いた。


「うおおおおっ⁉　いいいい、今死体が動きやがったぜ⁉」

「あの魔物、確実に死んでいたはずです！　い、一体何が……？」

「あれは死霊魔術だな」

——死霊魔術とは死体や霊体を操る魔術である。

厳密にはそれだけではないが……まぁ基本的にはそういうものだ。

道徳的な理由で禁忌とされており、俺もあまり手を出してない。

流石に夜な夜な墓荒らしをするのは手間がかかるし、第七王子である今の俺には見つかった時のリスクがあまりに大きすぎる。

それにあれは術者の能力よりも媒体の方が重要なのでこちらで弄る所があまりなく、イマイチ面白みに欠けるんだよな。

以前に少しやったことはあるけれども、最近は全く手を出してない。

「なるほど、道理でアンデッドばかりなはずだぜ。死んだ魔物は復活し、そのまま大暴走(スタンピード)に加わるってわけだ」

「兄君たちもそれに気づいたようですね。火矢を射て死体を燃やしています」

シュナイゼルの判断は正しい。

死霊魔術は死体の状態が悪いほど復活の難易度が上がるからだ。

特に骨にまでなると動力の殆どを魔力で補わねばならず、術者の負担も大きい。だが
……。

「野郎ども、復活速度がちっとも落ちませんな。相当腕の立つ魔術師が絡んでんのかぁ？」

「こうなれば術者を直接叩くしかないでしょう。……ですがどうも近くにはいないようですね」

魔力探知で探ってみたが、この大暴走(スタンピード)からは魔術師の気配は感じられない。

敢えて言えば遥か北から僅かな気配を感じるのみだ。

……しかし遠いな。ここから相当離れているぞ。

術者がいるということはこの大暴走(スタンピード)、人為的なものなのだろうか。そうだとしても何故わざわざこの国を狙う？　近くに幾らでも国はあると言うのに……ま、現段階ではいくら考えてもわからないか。

それに俺とは関係ないだろうしな。うん。


「ロイド、聞こえるか」

魔力板からシュナイゼルの声が聞こえる。どうやら命令が来たようだ。

「魔物が復活している。恐らく死霊魔術だろう。クルーゼ隊に加わり、倒した魔物をその都度焼いていけ」

「なるほど、クルーゼ姉さんの隊には魔術師が殆どいませんからね。わかりました」

魔術による炎は火矢とは比べものにならぬほど大きい。

肉体を焼き、その上で骨まで徹底的に破壊すれば復活はほぼ不可能だ。

流石シュナイゼル、アンデッド戦をよく理解している。

「お待ち下さいシュナイゼル様！」

通信に割って入ってきたのは、サイアスである。

「彼の隊より、私の隊の方が魔術師の数は多いです。それに私自身も炎魔術はかなりの腕前と自負しております。どうか我々にお任せ下さいませ！」

「……貴様の名は？」

「サイアス＝レビナントでございます」


炎の魔術、レビナント……そうだ思い出した。レビナントと言えば有名な火系統を得意とする魔術師の家系である。

代々高名な魔術師を輩出している名家は魔術師同士の血を掛け合わせ、より高純度の魔術を生み出す血統魔術を有し、レビナント家のそれは特にすごいと有名だ。

実は少しは興味があったが、流石に王族として気軽に遊びに行くわけにもいかないしな。あまり関わりのある家柄でもなかったし。

いい機会だ。サイアスと同行すれば血統魔術を見れるかもしれないな。


「シュナイゼル兄さん、俺からもお願いします」

「ふむ……ロイドがそこまで言うのならば――」

シュナイゼルは少し考え、頷いた。

「……よかろう。二人とも少数を引き連れて門へ向かえ」

「ハッ！　ありがたき幸せ！」

仰々しく敬礼をするサイアス。

しめしめ、上手くいったぞ。俺がほくそ笑んでいるとサイアスが真剣な表情で言う。

「口添えに感謝はする。しかし君には負けぬ」

「あぁ、俺も期待しているぞ！」

無論、血統魔術にである。見せてくれるといいなぁ。

きっとすごいに違いない。今回の仕事も軍事魔術を試すのにもってこいだし、俺はツイているぞ。

「っ！　あくまでも良きライバルということか……ふん、気に入らん」

苛立った様子で自分の隊に戻るサイアス。よくわからんがやる気はあるみたいだし、別に良いか。

すぐに隊の編成は終わり、俺たちは門へと向かう。

サイアスは魔術師を中心とした隊で、二千はいるように見える。

少数と言われていたのに、かなり連れてきたな。


「ふっ、貴重な魔術兵を守るにはこれくらいの数は必要なのだよ。こっちの心配よりも、君の方は大丈夫なのかね？　魔術兵が見当たらないようだが……」

「見た目でわかるような格好をしてないだけだよ」

……なんて言ってるが、実際には魔術師は俺だけだ。

未だ魔力兵の維持にかなりの力を割いているが、昨日術式を改善したので少しはマシになっている。

軍事魔術による魔力の効率化は結構細々としたところに作用し、最終的には魔力消費を半分近くまで軽減できているのだ。

おかげで俺もまぁまぁ戦えるくらいには力が戻っている。死体を焼くくらいならまぁなんとか、だ。


ちなみに俺が連れてきたのは魔力兵を含む五百のみ。

毒霧があって乱戦に強いレン、山賊十数人とそれを取りまとめるビルス、あとはクルーゼを見たいと言ってタオがついてきた。

タオはクルーゼの戦いぶりを食い入るように見ていたからな。

ったく物見遊山じゃないんだぞ。


「そう言ってロイド様もすげぇワクワクしてるじゃねーですか」

「……バレた？」

術式の効率化を試せるのに加え、血統魔術まで見られるのだ。そりゃ胸も高鳴るというものである。

「顔を見れば誰でも分かります。……というか近くで見ると何とも大きな門ですね」

そうこう言ってるうちに門の近くまで辿り着いた。

門は見上げる程に大きく、その向こうからは戦闘音が聞こえていた。

そうしていると付近に待機していた兵に声をかけられる。

「おお、ロイド様にサイアス様ですね。私は第二部隊副隊長、ケインと申します。話は伝令から聞いています。我々が倒した魔物の死体を焼却して下さるとか」

「あぁ、我らに任せておけば間違いはない。大船に乗ったつもりでいるのだな」

サイアスがどんと胸を張るのを見て、ケインは微笑を浮かべた。

「あれがロイド様……クルーゼ様の言っていた通り、子供とは思えない凄まじい魔力を感じる。ふふ、私も魔術師の端くれとしてその戦いぶり、是非見せて頂きましょうか」

だが視線は俺の方を向いていた。なんとなくこっちに期待されているような……気のせいか。

ケインは何やらブツブツ言いながらも馬を返す。

「それはありがたい。我々は護衛と先導を務めますので、よろしくお願いいたします」

「こちらこそ」

「では門を開きます。少しお待ちを」

ケインが目配せすると、門の傍らにいた兵たちが巻き上げ機を回し始めた。

ごごご、と鈍い音を立てながら門が開いていく。

「では行きましょう。私たちについて来てください！」

門が開くと同時にケインたちは馬で駆け出す。

俺たちもそれに続いた。

「者ども遅れるな！」

サイアスは隊に檄を飛ばし、張り切って馬を走らせる。

俺たちはその少し後ろをゆっくりとついていく。

前との距離は100メートル、しかもじわじわと差がついていく。

「ねぇロイド、遅れちゃってるけど大丈夫なの？」

レンが不安そうに聞くのを見て、ビルスがクックックッと笑う。

「心配すんなよチビッコ」

「誰がチビッコよ！」

「ほれ、あれを見てみな」

ビルスの視線の先、サイアス隊が魔物と戦っているのが見える。

「奴ら、先頭と近すぎるから、巻き込まれて無駄な戦いを強いられてるだろ。こっちは小勢なんだ。役目を確実にこなすべきだろうぜ。大将はその辺よーくわかってやがる」

「そ、そうだったんだ……流石はロイドだね」

そうだったのか。全く気にしていなかった。

レンのキラキラした視線が痛い。

ともあれ俺たちはクルーゼ達が暴れた場所に辿り着く。

そこには魔物の死体がゴロゴロしており、死臭が立ち込めていた。

「さぁ皆様、よろしくお願いします」

「任せるがいい。ロイド君、こっちは私が受け持つから、君はそちらをやってくれたまえ。遅れるなよ？」

サイアスはそう言うと、魔術兵を連れて死体の山に向かっていく。

五人一組で魔物の周囲を取り囲み、呪文を唱えると激しい炎が立ち昇る。

あれは『火球』を五重詠唱しているんだな。

詠唱が短い下位魔術なら五人でも合わせやすいし、消費魔力も少ないから一人一人の負担も軽いというわけだ。

なるほど、流石学園卒のエリート。よく考えるものだ。

やはり人が魔術を使うのを見るのも勉強になって楽しいな。

「おいおい、向こうは手早くやってるぜ？　こっちの魔術師は大将一人だけなんだろ？　大丈夫なのかァ？」

「ん、あぁもう終わったよ」

既にこちらも『火球』で魔物を焼き終えている。

でないとゆっくり見学出来ないからな。

軍事魔術により効率化した『火球』を早速試してみたが、ほんのわずかな魔力でも結構な威力が出ている。

いいね。これならコスト面で常用を諦めていた強力な魔術も普通に使えそうだ。

「んな馬鹿な……あれだけの魔物を一瞬で焼き尽くしたってーのか？　ちょっと目ェ離しただけなんだが……これがあの第七王子かよ。流石兄貴が付いていくと決めただけはあるぜ」

「ふふん、これがロイドの実力だよ。恐れ入った？」

何故かレンが得意げになっているのを見て、ビルスは呆れたようにため息を吐いた。

「うおらァ！」

がん！　がん！　とビルス率いる山賊たちが骨を砕く音が辺りに鳴り響く。

粉々にする必要まではなく、ある程度砕けばもう復活はしない。

骨ごと焼き尽くすこともできるが、ちょっと目立つかもしれないからやめておこう。皆の仕事を奪うのも気が引けるしな。

「こちら側の仕事はほぼ終わりつつあるか。サイアスの方はまだ少しかかりそうだな」

サイアスもかなりの速度で処理してはいるが、まだ数体残っているようだ。

苛立った様子で部下に指示を飛ばしている。


「ねぇ、サイアスは魔術を使わないの？」

「わ、我が魔術はこのような場で安売りするものではないっ！」

ちょっと聞いてみたがサイアスは怒ってそっぽを向いてしまった。

むぅ、折角レビナント家の血統魔術を見せて貰えるかと思ったのに。残念だ。

俺たちが終わってしばらく、サイアス隊も処理を終えたようである。


「ふぅむ、中々の処理速度ですね。……特にロイド様、お一人で辺りの魔物を焼き払うとは到底信じられませんな。しかしこの速さなら復活を最小限に抑えられます！　早速次に向かいましょう！」

俺たちはケインの先導で新たな現場へと向かうのだった。


そうして数千体は魔物の死体を処理しただろうか、死体はどんどん新しくなっていき、気づけばクルーゼ隊に追いついていた。

丁度戦闘を終えたクルーゼが声をかけてくる。

「む、ロイドではないか。サイアスもおるな。一体どうしたのじゃ？」

「死体がアンデッドとして復活しているようなので、魔術師である俺たちが処理に回っているんです」

「なんと、そういえばアンデッド系の魔物が多いとは思っておったわ。しかし困ったの、それではキリがないではないか」

「一寸失礼」

話に割って入ってきたのはタオだ。

タオはクルーゼと隊の者たちを、推し量るようにじっと眺めた。


「ふむふむ、これがロイドの姉君あるか。信じられない程よく鍛えられてるよ。これならアレが使えるかも……」

「む、なんじゃおぬしは？」

「これは申し遅れましたある。アタシはタオ＝ユイファァ、しがない異国の冒険者よ。アナタに興味があってロイドに同行したね」

タオの言葉にクルーゼは一瞬キョトンとし、大笑いした。

「はっはっは、わらわに興味があるときたか！　面白い娘じゃの！　……ふむ、おぬし気を使えるのか。しかもかなりの使い手と見たぞ？」

「ええ、あなたの知らない技も知ってるよ。例えば不死殺しの技――とかね」

「ほう？」

クルーゼの興味深げな視線を受け、タオは足元に倒れ伏していた巨大な猛牛のすぐ傍を思い切り踏みつける。

どぉん！　と衝撃波で猛牛が上空に跳ねる。

本来は死んでいたはずの猛牛の目は妖しく紅く輝いていた。


「おい！　あの魔物アンデッド化しているぞ！」

「ブオオオオオッ！」

荒ぶる不死の猛牛が咆哮を上げながらタオへと降り落ちてくる。

そして――ずずん！　と落下音が響き土煙が舞い上がる。

土煙の晴れたその場所には、地面に突き刺さり動きを止めた猛牛の姿。

完全に動きを止めている。ピクリともしていない。


「おおー、あのタフなアンデッドを一撃とは！　何ともすごい技じゃの！」

「――百華拳、魂撃(コンゲキ)。肉体に存在する魂の器部分に直接気を叩き込み破壊すれば、不死者も二度と蘇る(よみがえ)ことはないあるよ」

死霊魔術は対象となる死体に魔力を送り込み、意のままに操る魔術。

基本的に死体があれば成立するはずだが、どうやっても発動しない事がある。

それを術者の間では魂の損傷が激しいと言われているのだが、なるほど魂の器か。そう考えれば納得出来るな。

「魂の器か。ふむ、確かに意識を集中すれば何かが見える。ふむ、こんな感じか……のっ！」

そう言ってクルーゼは、おもむろに剣で魔物の死体を突いた。

気を集中しての攻撃により、先刻まで魔物の中にあった『何か』が失われていくのを感じる。

「おお、何かを消した感覚があったのう。今のが魂の器とやらじゃな？」

「……驚いたある。魂撃は基礎さえ出来ていれば難しい技ではないけど、魂の器を見つけるには心眼が必須。それを見ただけで成功させるなんて！」

目を丸くするタオを見て、クルーゼは大笑いする。

「はっはっは！　まーわらわは天才じゃからのー！　よしお前ら、ここらの魔物を全て魂撃で仕留めて見せよ。やり方は見たから出来るじゃろ？」

「うおおおおっ！」

言われるがまま、クルーゼ隊の者たちは魔物の死体に攻撃を始めた。

いや、一度見たからって出来るとは……出来てるし！　タオも見て驚いている。

流石に一発で成功する者はいないが、何度も攻撃するうちにどんどん出来る兵が増えていく。

「おおっ！　今確かに手応えあったぞ！」

「こちらも出来るようになりました！」

「俺も俺も！」

小一時間もすればその場にいた兵たちは皆、魂撃を習得していた。

おお、流石はクルーゼ隊、皆腕自慢揃いだな。

それでも流石にタオやクルーゼのように、一度で魂の器を打ち抜く者はいない。

何度も攻撃し、削るように魂の器を破壊している者が大半だ。

それでも復活を阻止できれば上出来、クルーゼもそれを見て満足げに頷いている。

「うむうむ、それでこそ我が精鋭たちよの。よぉしこれで後方の憂いは消えた！　数名は戻って他の者たちに魂撃を教えよ。まだ未熟な者は後方で練習しながらついてこい。さぁて者ども稼ぎ時じゃぞ！　全軍突撃！　存分に敵を駆逐するがよい！」

「うおおお―――――っ！」

まるで地鳴りのような声を上げる。

凄まじい気迫だ。クルーゼ隊は魔物を踏み潰すように前進していく。

「タオと言ったか。礼を言うぞ。この戦いが終わったら望む褒美をくれてやろう」

「楽しみにしておくよ」

「はっはっは！　楽しみにしておくがよい！」

一方的にそう言って、クルーゼは隊の中に入っていった。

タオはそれを見送りながら、ほうとため息を吐く。

「中々剛気な人あるな」

「クルーゼ姉さんは気前の良さも有名なんだよ。金貨百枚でも何でも叶えてくれると思うよ」

クルーゼ隊の士気が異様に高い理由の一つはこれだ。

他の軍より命を賭ける事が多い第二部隊は、功労に応じて非常に高価な褒美を貰えることになっている。

文官たちは苦言を重ねているが、クルーゼは王女権限で無視しているとか。

タオは少し考えて、ぽつりと呟く。

「……そうね、じゃああの人と一つ手合わせしたいと言ったら、受けてくれるあるか？」

「え？　そんなんでいいの？」

俺が驚くのを見て、タオはくすくすと笑う。

「あはは、何その顔。アタシを何だと思ってるあるか？」

物欲の権化、面食い、と言いそうになるのを何とか飲み込む。

いつもなら隊のイケメンたちとお茶会を催してくれ、とか言いそうなものだが。

「そ、そりゃ喜んで受けてくれると思うけど……どういう心境の変化？」

「この大陸に来てからアタシは自分が井の中の蛙だったのを嫌になるほど思い知ったね。だから山籠りをしてたけど、強くなるにつれて自分の未熟さを思い知らされる気持ちよ。クルーゼ様は恐らくアタシが今まで会った中で一番の達人、稽古をつけて貰えばもっともっと強くなれるある」

真っ直ぐに前を向きタオは言う。

俺はそんなタオの手を取り、ぶんぶんと振った。

「タオがそんな真剣だったなんて……感動したよ！　俺も出来る事があれば何でも協力するからね！　新しく覚えた技の試し撃ちとか！」

「ホントあるか？　それは助かるね」

嬉しそうなタオだが、それはこちらも同じだ。

改めて見せてもらったがやはり気というのは奥が深い。

クルーゼとの修行で更に力を得たタオと戦えば、より効率的に新たな気の技を覚えられるだろう。

新たに身に着けた心眼といい魂撃といい、興味深い技はまだまだありそうだからな。ワクワクするじゃないか。うん。

「ってーかよ、何で王族がこんな前線に出張ってるんだ？　しかも王女がよ」

本当に今更ではあるが、至極もっともな疑問にビルスは首を捻っている。

サルーム（うち）は個性を伸ばす教育方針なので、やることとやってればある程度は自由に出来るのだ。

シュナイゼルもクルーゼも、次期王位継承権を持つ者としてやるべきことはやっている。

やっててアレなのだ。全く以て恐ろしい人たちである。

「あれ、どこへ行くんだサイアス？」

クルーゼへの支援が終わり、いったん戻ろうとしているとサイアスが来た方とは逆の方角へ向かおうとしていた。

「山に陣取っている第三部隊の支援に向かうのだよ。見ろ、魔物たちは門だけでなく両脇の山へ向かっているのもいる。その左側、第三部隊が守る山は傾斜が緩く魔物が多い。激しい戦闘になっている。私が行かねばまたアンデッドとなって復活し、戦線が崩壊するだろう。……それに、ここではロイドに見せ場を持っていかれてしまった。レビナント家の誇りを汚したまま帰るわけにはいかんからな」

後半ブツブツ言ってて聞きとれなかったが、前半はサイアスの言う通りだ。気の使えないであろう他の部隊にこそ、俺たちが行かねばならない。

それに今度こそ、サイアスの血統魔術を見られるかもしれないし。

「じゃあ俺も行くかな」

「えっ⁉　き、君も来るつもりなのか？　どうせなら第四部隊の方に行けばいいんじゃ……」

「あっちはまだ戦闘になってないじゃないか。さ、急ごう」

「えぇ……君と一緒だと手柄がなぁ……」

何故か嫌そうなサイアスと共に俺たちは山へと向かうのだった。

「それにしてもビルスと言ったあるか？　アナタみたいな野蛮人が子供のロイドに大人しく付き従うとは意外ね」

移動中、タオがビルスに話しかけている。

「ハッ、兄貴は甘ちゃんな所があるからよ。あの坊主に部下どもを率いるだけの器があるか、俺様がしっかり見極めてやらねェとな」

ため息を吐くビルスを見て、タオが噴き出した。

「あはは！　ビルスは意外と苦労人あるな。でも心配いらないある。ロイドの凄さはすぐにわかるね」

「だといいがねェ……おっと、次の戦場が見えてきたぜ」

ビルスの言う通り、戦闘の跡が見え始めた。

山での戦いは遠くで見たよりも遥かに激しいようで、そこらに魔物の死体が転がっている。

このままではアンデッド化してしまうので、焼きながら第三部隊との合流を目指す。

「おい、あれじゃねェか？」

前の方を歩いていたビルスが戦闘中の部隊を見つけたようだ。

取り残されたのだろうか。数人の兵士たちは魔物の群れに囲まれている。

「チッ、しゃあねェな雑魚どもが。オイ野郎ども、蹴散らすぞオラァ！」

「うおおおおおおっ！」

ビルスは山賊たちを率いて飛び出すと、あっという間に魔物の群れに突入した。

「くっ、我々も遅れるな！」

サイアスも慌てて飛び出し、戦闘に参加する。

後方から突撃を受けた魔物の群れはあっという間に崩壊し、散り散りになっていく。


「大丈夫だった？」

戦いが終わって兵たちに声をかけると、慌てた様子で頭を下げてきた。

「これはロイド様！　危ないところを助けていただき、まことにありがとうございました！」

「チッ、助けたのは俺たちだぞボケども」

「そ、そうであったか！　これは失礼致した」

「お頭ァ、兵隊どもが俺たちに感謝してるぜ！　ギャハハ！　気分いーー！」

はしゃぐビルスたちを放置し、早速本題に入る。

「それより本隊はどこに行ったんだ？」

「……本隊は、現在撤退中でございます。我々は殿（しんがり）を務めておりましたが敵に追いつかれ囲まれていたのです」

苦虫を噛み潰したように兵は言う。

「おいおい、ここは既に山頂付近だぜ？　これ以上下がっちまったら……」

「ええ、現在本隊は山の頂上……絶対防衛線が敷かれてある場所です」

見上げる先、山の頂では白い煙が上がっていた。

「ここが絶対防衛線である！　繰り返す！　ここが絶対防衛線だ！　絶対に抜かれてはならぬぞ！　死守だ！　死んでもこの先へは進ませるな！　繰り返す……」

「おーおー、盛り上がってるねェ」

山の頂上に近づくにつれ、怒声が響き始める。

第三部隊隊長、フリーゲルが何度も声を上げていた。

「フリーゲル隊長！」

「おお、無事であったか貴様ら！　……はて、こちらの方々は？」

「第七王子ロイド様の部隊です。我々が囲まれていたところを助けていただきました」

「何と！　援軍に来て下さったのか！　これはありがたい！　おお――――い！　皆、援軍が来て下さったぞぉ――――っ！」

「うおおおおお――――っ！」

大歓声を上げる兵たちだが、こっちは二千もいないいんだけどなぁ。

正直そこまで力になれるとは思えないぞ。


「ささ、どうぞこちらへ。お疲れでしょう。今のうちに休息して下さい」

テントに案内された俺たちには豪華な食事が用意された。


「ぐぁふぐぁふ、いいもん食ってるじゃねェかよ。余裕があるねェ」

「んもふんもふ、これはオーク肉あるね！　魔物肉は種類によっては最高級の食材よ」

「……二人とも、少しは味わって食べてよね」

ちなみにレンも手伝ったらしい。

日々シルファから習っているだけあって、料理の腕はかなりのものになっている。

「腕を上げたな、レン」

「えへへ、そお？　えへへへへ」

何やら嬉しそうにしているレンは置いておいて、俺はフリーゲルに尋ねる。

「……さて、色々聞きたいところだけれど？」

「はい……最初こそ傾斜の有利のおかげでこちらが優勢でしたが、敵の数に次第に押され、ジリジリと前線を下げられて気づけばこんな頂上まで……何とか無理やりにでも士気を上げて守り切ろうとはしてはおりましたが……」

「ハッ、気合で守れるなら世話ねェな」

「返す言葉もございません。シュナイゼル様が専守防衛に努めろと言った理由が今更ながら理解出来ましたよ」

ビルスにそう言われ、がっくりと項垂れるフリーゲル。

実際、第三部隊の兵はかなり減っていた。

道中に見た魔物の数と比べるととても守り切れる数ではないだろう。

「ていうかロイドが本気を出せばどれだけ魔物がいてもすぐに倒せるんじゃない？」

「それは無理だよレン。魔力兵をかなり出しているからあまり強い魔術は使えないんだ」

「……本当かなぁ」

何故か訝（いぶか）しんだ目で見てくるが、本当である。

軍事魔術を応用した効率化で大分マシにはなっているが、多重詠唱魔術も大規模魔術も使えないので広域殲滅は行えないし、常時展開している多重魔力障壁も今はたったの三枚。

最上位魔術くらいなら何とか使えるが、威力も弱まっているので、せいぜい魔物数百匹をまとめて消し飛ばすのが関の山である。

「いや、十分すぎると思いやすがね……」

「そもそも最上位魔術をまともに使える人間なんて、そうはいませんよ」

何故かグリモとジリエルがドン引きしているが、気のせいだろう。

そんなことを言ってると、フリーゲルが俺に頭を下げてくる。

「ロイド様！　あなたの下には帝国最強の軍師と言われたマルス＝ジルオールがいるのでしょう？　彼であればこの窮地を脱することも可能なはず！　どうかお力を貸してくださいませんか⁉」

「マルスに、かぁ……」

隊を離れる際、マルスは俺に言った。

——もし私の知恵が必要になった時にはビルスを頼ってやってください。私が軍師として一から鍛え上げ、その上山賊としての経験も積んでいる。山での戦いではきっと私よりもお役に立ちますよ。——と。

……こうなることを見越していたのだろうか。だとしたら恐るべしマルスである。

「なぁビルス、お前ならこの状況、どう切り抜ける？」

「んーそうだなァ……」

ビルスは俺の問いに頭をガリガリと掻いた後、口もとに笑みを浮かべて言った。

「俺ならここを捨てて引く——かね」

その言葉に皆がざわめく。

「ここを捨てて更に下がる、ですと……？」

「し、しかしここを捨てれば傾斜の有利は敵側に奪われてしまう！　そうなれば戦線の維持は不可能だ！　……もしや前線のみを残して、後衛だけを下がらせるのですか？　それなら狭い頂上でも全兵力を配置するスペースがある」

「いいや、全部隊を全力で下がらせる」

「な……!?」

フリーゲルは完全に声を詰まらせている。

「ど、どういうつもりだ！　ここを通せば魔物は山側から門を抜けてしまう！　そうなれば国が蹂躙されるのですぞ⁉」

「ギャハハ！　落ち着けよオッサン！」

「そうだぜェ？　イライラしてるとハゲちまうぞォ？」

「き、貴様ら……！」

興奮するフリーゲルの肩を山賊たちが叩いている。

俺はここへ来る際に見た周りの景色を思い出していた。

ふむ、なるほどここを捨てる……か。ビルスの考えがわかってきたぞ。

俺はしばし考えて頷く。

「わかった。それじゃあここは捨てて退却しようじゃないか」

「な、ロイド様ぁ⁉」

俺の言葉にフリーゲルは今日一番の驚愕の顔を浮かべていた。

「はーっはっはァ！　走れ走れ！」

「ひぃぃ――――っ！」

山賊たちに追い立てられながら、第三部隊が山の傾斜を駆け下りていた。

「オラオラ！　そんな気の抜けた走りじゃあ追いつかれちまうぜ！」

「し、しかし木々が多くて邪魔で……」

「甘えてんじゃねェぞ！　走れ走れ！」

皆、血相変えながら走っている。いやぁ、大変だなぁ。

俺は『浮遊』で身体を浮かせ、魔力障壁で木々を全部へし折りながら滑るように降りているので問題はないのだが。

「ロイド、そろそろ森を抜けるよ！」

そんな俺よりも更に先に行っていたタオが声を上げる。

バキバキバキ！　と密集して生えていた木々を粉砕した直後、視界が開けた。

「おおー、思ったよりもかなり深い渓谷だな！」

切り立った崖の向こうは深い谷となっており、落ちたら二度と上がって来られなそうだ。

しかも距離も長く、崖向こうまで三十メートルはある。

並の魔物では飛び越えるのはとても無理だろう。

そして一本だけ掛けられている橋を渡り切れば、後はここを渡る術はない。


「なるほど、ここに誘い込めば魔物どもを一網打尽に出来る……全軍退避しろとはこういうことだったのですな！　流石でございますビルス殿！」

「つーかこんなの現場を見てれば誰でもわかるだろ。シュナイゼルとやらもこれを想定してたんだろうぜ。全く王子にしておくには惜しいタマだ」

「なんと……シュナイゼル様もお人が悪い。それなら最初からそう言ってくれればいいものを……早速橋を渡ってしまうとしましょう」

安堵するフリーゲルだが、ビルスは難しい顔をしている。

「……そう簡単な話じゃねェのさ」

「どういうことです？」

「説明してる暇はねェ！　おら、さっさと全員渡らせろ！」

「ひいっ！　け、蹴らないでください！」

どういうことだろう。何か問題があるのだろうか。

俺にもわからないまま、隊の者たちは橋を渡り始めた。

「急げ急げ！　魔物どもに追いつかれるぞ！」

「しかしこの橋、結構揺れるぞ⁉　な、中々進めぬ！」

「オラオラ！　何をトロトロしてんだ！　早く進まねェと蹴り落としちまうぞ、ギャハハ！」

ビルスの指示の元、山賊たちが兵たちを追い立てている。

慌てて落ちそうになる者もいるくらいだ。

「なぁビルス、ここまでして急がせるのは何故だ？　魔物たちはまだ山の大分上にいるじゃないか。そう追いつかれるとは思えないんだけど……」

「こんな狭い谷じゃ魔物を防ぎ切れねーからな。さっさと渡って迎撃態勢を整えねーとよ」

俺の問いにビルスは真剣な表情で答える。

十分広いと思うが……ともあれただの憂さ晴らしで急かしているわけではないようだ。

よし、ここは俺が一肌脱ぐとしよう。

「ほっ」

俺はまだ渡ってない兵たち諸共『浮遊』を発動させる。

「うわっ⁉　なんだぁ⁉」

そして俺を含めた全員で、まとめて向こう岸へと飛んだ。

着地した兵たちもビルスも、あんぐりと口を開けている。

「……今の、もしかしてお前さんの魔術か？　ったくとんでもねぇな。よくわからねぇがよ」

「『浮遊』はそこまで難しくないし、大したことはないよ。それより急いでるんじゃないの？」

グリモとジリエルがそんなはずがない、とでも言わんばかりの目で見てくるが無視だ。

ほらだってビルスも納得しているし。

「おっとそうだったぜ。よぉしテメェら！　弓と槍を持って崖に並べェ！」

困惑気味に顔を見合わせながらも、兵たちは弓や槍を手に岸へと並ぶ。

谷へ向かって槍を突き出し、弓を向け、皆一体何を倒すつもりなのだろうといった呆け顔をしている。

「ボサッとしてんなよ。……来るぜ」

どどどど、と地鳴りが聞こえてくる。

後は崖の向こう、山からだ。

魔物たちが山を駆け下りてきているのだ。

「おおっ！　すごい勢いであるな！　だが、ふふふ、愚かな魔物どもめ、そのまま谷底へ落ちてしまうがいい」

「…………」

含み笑みを浮かべるフリーゲルと反対にビルスは厳しい表情だ。

何かが起きるとでもいうのだろうか。

がさっ、と草むらが揺れた。直後、最初に飛び出してきたのは大きな豚の魔物である。

「プギィイ――――ッ！」

鳴き声を上げながら落ちていく豚の魔物、次々と魔物たちは出てきては谷底へと落ちていく。

しかも谷底に落ちた魔物を尖った岩が貫いている。

まさに狩場、シュナイゼルの策が見事にハマったな。

「ふははは！　見ろ、敵がまるでゴミのようではないか！　素晴らしいぞビルス殿！」

「どうでもいいが、気ィ抜くんじゃねーぞ」

「はっはっは、ビルス殿は心配性だな。我らはこのまま何も手を下さずとも、見ているだけで……」

　言いかけたフリーゲルの顔が固まる。

　それは空を舞う巨鳥の魔物だった。


「クワァ――――ッ！」

「は、早く射ろ！　射落としてしまえーっ！」

　慌てて弓を構えさせ、鷲(わし)の魔物に向かって矢を放つ。

　矢を受けながらも怯むことなく突進してくる鷲の魔物に、兵たちは怯(おび)え竦(すく)む。


「うわあああああっ！」

　気合半分ヤケクソ半分で突き出した槍が、鷲の胴体を貫いた。

　鷲の魔物が弱々しく落ちていくのを見て安堵する兵たち。

「おいおい、こんなもんじゃ終わらねーぞボケども。前見ろ前」

鳥型の魔物だけではない。

跳躍力の高い虎や獅子の魔物が谷を軽々と飛び越えてくる。

狼の魔物が僅かな岩を足場に跳んでくる。

猿の魔物が谷を登ってくる。


「う、撃て撃て――――っ！」

兵たちはパニックになりながらも突破してきた魔物たちに矢を射かけ、槍を突き出しまくる。

なんとか布陣が完成していたので、慌ただしくも魔物が突破してくることはない。

ビルスがやはりな、と舌打ちをする。あれだけ急がせていた理由はこれか。

魔物の種類は多種多様、谷を乗り越える手段を持つものも少なくないという訳だ。

「谷底に魔法を放て！　落ちた魔物を足場にして渡って来るぞ！」

サイアスが魔術兵に命じて『火球』を放たせる。

だが魔物の数が多すぎて、焼き切るには至っていない。

「レン、火が燃えやすくなる薬を生成出来るか？」

「お安い御用だよ」

レンが谷底に手をかざすと、甘い匂いが漂い始める。

それはゆっくり下に降りていき……炎と接触した瞬間、爆発的に燃え始めた。

恐らく濃度の高い酒気を生み出したのだろう、炎は谷底で燃え上がり魔物たちを焼いていく。

矢や槍を潜り抜けてきた魔物は、タオが処理している。

「ほあたっ！　……どんどん登ってくるね。キリがないあるよ！」

「ククッ、綱渡りだがなんとかなってるじゃねェかよ。せいぜい気張れよ野郎ども」

「んが————っ！　ビルス殿も手伝ってくだされ————っ！」

駆け回るフリーゲルを見てビルスは笑っている。

確かにギリギリではあるが、どうにか処理は間に合っている。

「ロイド様、なんでちょっと残念そうなんですかい？」

「そ、そんなことはないぞ！」

確かにこのまま終わってしまえばサイアスの血統魔術も結局見られなそうだな、と残念に思ってはいたけれど。ほんの、ほんの少しである。

「む、何か妙な魔物が谷底へ落ちましたよ」

ジリエルがそう言った直後、ずずん！　と足元が揺れた。

見れば谷底からは激しい蒸気が上がっている。

おっ、何が起こってんだ？

その中心を『透視』で見てみると、真っ白な兎(うさぎ)がそこにいた。

「ありゃあユキウサギですぜ！　強烈な冷気を纏ったボス級の魔物でさ！」

「……マズいですね。折角の炎が鎮火していきます！」

ふむ、纏った魔力を性質変化させ、冷気にしているのか。

しかも炎をかき消す程の強力な冷気を生み出すとは、すごい魔物もいたもんだ。

捕獲してどの程度の冷気を生むのか試したいけれど……流石に今はそんな場合じゃないな。

それに——

「ユキウサギか。お前ら下がっていろ。奴にはまともな炎は効かん」

サイアスが黒い革手袋を外し、兵を後ろに下がらせる。

「私が仕留める」

その手には、今までのサイアスからは感じたことのない魔力が渦巻いていた。

そう、血統魔術が見られるいい機会というわけだ。

ついにやる気を出したか。待ちくたびれたよ。ようやく血統魔術が見られそうである。

「魔物如きに我が魔術の真髄を見せるのは不本意ではあるが、出し惜しみをしている場合でもあるまい。さぁ兎狩りといこうか」

手袋を仕舞い素手となったサイアスに魔力が漲っていく。

ふむふむ、あの手袋は自身の魔力を封じる魔道具だな。制約を加えることで特定の魔術の底上げを行っているのだろう。

それを外したということは、己にとって特別な魔術を使うという意思表示に他ならない。

「血統魔術ってのはそんなに珍しいもんですかい？　俺からすりゃあロイド様の存在の方がよほど珍しいですがね」

「何言ってんだグリモ！　血統魔術は魔術師の家が代々積み重ねてきた言わば伝統芸術なんだよ！　レビナント家のような高名なものは特にだ。あぁ楽しみだなぁ」

そんな会話をしていると、ユキウサギが身体を屈めてぴょんと跳んだ。

空中に氷を生み出し足場を作り、ぴょんぴょんと。

数度飛び跳ねた後、ユキウサギは俺たちの目の前に着地した。

「クゥー、キルキルキルキル……」

可愛らしい姿ではあるが、その身体は大木と同等の高さはあるだろうか。結構デカい。

「さ、寒い……！」

「手が悴(かじか)んできた……」

しかもユキウサギの纏う冷気により、周囲の兵たちが地味にダメージを受けている。

俺が結界を張ろうとすると、その前に辺りがほんのり暖かくなってきた。

サイアスの纏う炎が冷気を中和しているのだ。


「ふっ、私の後ろに下がっていたまえ」

「うんうん、是非ともそうさせてもらうよ」

「何故嬉しそうにしているのかはわからんが……ふん、まぁいい。やるとするか」

サイアスが術式を展開し始める。

よし、こっちも観察開始だ。目に魔力を集めてじっと見る。

サイアスが展開した術式は魔力を帯び、高速で渦を巻きながら炎を形作っていく。

ただの炎ではない。

極彩色に燃え盛る炎の中には吹き荒ぶ氷嵐が、鳴り響く豪雷が見える。

それだけではない。他にも様々な現象が織り重なってあの極彩の炎を生み出しているのだ。

「ほう、中々綺麗な花火ですな。しかしただそれだけだ」

「それに溜めが長すぎて実践的とは程遠い。ロイド様が気にするほどのものとは思いませんが」

グリモとジリエルはそう評するが、俺はその炎から目を離せずにいた。

あの炎、どこかで見たことがある気がするのだが……そんなことを考えているうちに、サイアスは渦巻く炎を纏めて束ね、圧縮していく。

「喰らうがいい、極色彩光炎!」

放たれた極彩色の炎が、放射を描きユキウサギに迫る。

それを見て、俺はようやく思い出した。

——あれは前世での俺を焼いた炎だ。

当時は魔術から術式を読み取るなんて出来なかったから理解できなかったが、今こうして発動しているのを見るとわかる。間違いなくあの時の炎である。

というこことはサイアスがあの時の……うーん、俺は人の顔を覚えるのは苦手だからな。

というか十年以上前のことなどよく覚えていないんだよな。

ま、どうでもいいか。そんなことより血統魔術だ。

発動している術式は一見してはわからないような暗号で書かれているが、軍事魔術を解読した俺にとっては果実の皮を剥く程度のものだ。

あらゆる『透視』『解析』系の魔術がサイアスの血統魔術を紐解いていく。

……うん、よしわかった。

血統魔術と言うのは肉体に刻むものが大半だが、どうやらレビナント家のものは血に術式を刻むことで複雑な術式を使えるようにしているようだ。

なるほど人間の身体はほとんどが水。血液に刻んだ方がより多くの術式を刻めるのは道理である。

外見から術式がバレる心配もないし、血は死ぬとあっという間に劣化するから秘匿性も高い。尤も俺相手に隠すのは不可能なわけだが。

よし、折角だし俺も試してみるか。

サイアスに刻まれた術式を参照、自らの身体に刻んでいく。

「キルキルキルキル――――ッ！」

その間にも戦いは続いている。

ユキウサギは迫り来る炎に対するべく、冷気を集めて吐き出してきた。

炎と氷がぶつかり、押し合っている。


「ぐぅぅっ、我が血統魔術が魔物風情と互角だと……っ⁉」

「キル……ゥゥ！」

んー、苦戦しているな。

見たところサイアスはまだあの血統魔術を使いこなせていないようだ。

仕方ない、ここは俺が手助けしてやるか。丁度術式も刻み終わったところだし。


「……極色彩光炎」


ぼそっと呟くと共に、サイアスの後ろからそれを放つ。

色とりどりの炎が俺の指先一点に集まり、爆ぜた。

ごおう！　と光が吹き荒れてユキウサギが消し飛ぶ。

放射状に放たれた光はそれだけで終わらず、向こう岸の森共々魔物の群れを焼き払った。

その場の全員があんぐりと口を開きつつ、固まっている。

「い、一体何が起きたんですかい……?」

「極色彩光炎を使ったんだよ。本来のね」

術式を見てわかったが、極色彩光炎は要するに一人多重詠唱魔術なのだ。

炎の中に他の現象が起こるのは単に出力が足りないからで、等しく同じ出力で発動すれば合成魔術として成立するというわけである。

恐らく長い年月を経て使い手の質が落ちていった結果、サイアスが使ったような綺麗な花火程度になってしまったのだろう。

しかし本来の極色彩光炎、思った以上の威力だったな。結構手加減したつもりだったが、血に刻んだ術式のせいで上手く手加減が出来なかった。

「うおおおおっ!　凄まじい威力です!　流石はサイアス様!」

「あれがレビナント家の血統魔術……まことに大したものです!　これならどれだけ魔物が来ようがものの数ではありませんな!　サイアス殿!」

「……は、はは……」

当のサイアスは困惑しきっているが、ともあれ何とか誤魔化せたようだ。多分、きっと。

「……今の、ロイドがやったでしょ?」

「こっそりやってもバレバレよ。やりすぎあるね」

「あの甘ったれた貴族にこんな真似が出来るとも思えねェしな」

「は、はは……」

一部にはバレているようだが……まぁ他の人たちは気づいてなさそうだし、よしとするか。

「そ、それじゃあ俺はこれで。ビルス、後は頼んだよ」

「おう、任せときな」

俺はボロが出ないうちにこの場を離れることにした。

その場をビルスらに任せ、俺は『飛翔』でシュナイゼルの元へ向かう。

上空から見下ろすと、そこかしこで激しい戦闘が行われている。

「どうも押されてやすね。こっちも頑張っちゃいるが、やはり敵の数が多すぎるみてぇだ」

「ええ、まだ辛うじて戦線は維持できていますが、このままではいつか突破されてしまいますよ」

二人の言葉はもっともだ。

魔物はどんどん来ているし、今は何とか耐えられていてもいずれは限界が訪れるだろう。

しかしそれはシュナイゼルも想定済みなはず。

何らかの手を講じてはいるとは思うけどな。

「一体どういうことですか⁉　シュナイゼル様っ！」

天幕に入るや否や、怒鳴り声が響く。

見れば第四部隊の隊長、ガーフィールがシュナイゼルに詰め寄っていた。

「我ら第四部隊は今、決死の覚悟で防衛を行っています！　しかし敵の数が多すぎる！　耐え忍ぶだけでは限界があります！　ですからどうか援軍、もしくは何か良い策を授けて下さいませ！」

すがるような言葉に、シュナイゼルは落ち着いた口調で返す。

「耐えろ」

「……っ！」

言葉を失ったガーフィールは、拳を思い切りテーブルを叩きつけると天幕から出て行った。

まさに怒り心頭と言ったところだろうか。

策もなし、援軍もなしではあぁなるのも無理はないかもしれない。

俺はこそこそとシュナイゼルの近くに行き、声をかける。


「えーと、シュナイゼル兄さん？　何の手も考えてないってことはないんですよね？」

「無論だ。策とは十重二十重に張り巡らせるもの。その為には他の兵力を動かすわけにはいかぬ。無茶な仕事だ。奴が憤るのも無理はない、が第四部隊にはあのままで耐えてもらうしかない」

「……多分、そこまで言えば納得してくれたと思いますよ」

「気休めで確定していないことを言うわけにはいかん」

シュナイゼルは毅然とした口調で言う。

うーん、人にも厳しいが自分にはそれ以上に厳しい人だ。

この手の心の機微を汲み取ったりなんかはアルベルトが上手いのだが、シュナイゼルはあまり得意ではなさそうである。

まぁ、俺も人のことは言えないんだけれど。

ともあれガーフィールも誤解しているかもしれないし、フォローしておくか。

天幕から外に出ると、ガーフィールが苛立った様子で葉巻をふかしているのが見えた。

「ガーフィール。丁度よかった。シュナイゼル兄さんはけして策がないわけでは――」

「わかってますよロイド様」

言いかけた俺の言葉をガーフィールは遮る。

「シュナイゼル様は聡明な方だ。援軍が出せないのであれば、それは出せない理由があるからなのでしょう。私もあの方との付き合いは長い方ですから、何の手立ても用意してないなどありえないのはよく知っています。なのに焦るあまりに私は……全く自分でもこの気の短さは嫌になりますよ。はは」

ガーフィールは苦笑すると、煙草を消して前を向いた。

その目からは迷いの色がすっかり消えていた。

「さて、総大将の命令だ。しっかり守るとしましょうかね」

ガーフィールが持ち場へ戻る。

うーむ、とはいえあのままじゃ被害は大きくなるばかりだ。俺も何かした方がいいんじゃないだろうか。

「ロイド様が魔術をぶっ放せばいいんじゃないんですか。どでかいのを、どーんとよ」

「目立つなどといっている場合ではありませんよ！　このままではサルームの美女たちも襲われてしまいます！」

グリモとジリエルが急かしてくるが、仮に俺が特大の攻撃魔術を魔物の群れに放ったら、巻き添えで大きな被害を出しそうなんだよなぁ。

もっと面白い魔術の使い方で状況を打破出来るなら、多少目立つリスクくらいは取るのだがなぁ。

そんなことを考えていると背後に気配が生まれる。振り向くとそこにはバビロンが立っていた。


「ここにいましたか。ロイド様」

「おお、どうしたんだこんな所へ？」

「マルスからの言伝を届けに参りました。随分退屈なさっているだろう、と。どうやら図星だったようですね。ククッ」

可笑しそうに笑みを漏らすバビロン。

うっ、どうやら落ち着きなく戦場を飛び回っていたのを悟られていたようである。

何となく恥ずかしいな。

「……それで？　わざわざお前がここに来たということは何か用があるんだろう？」

「えぇ、マルスが何やら面白いことを企てているようです。……どうぞ」

バビロンが懐から取り出した書状を開き、読み始める。

「……なになに？　ロイド様におかれましては、ますますご健勝のこととお喜び申し上げます……って随分余裕ありやがるなこいつはよ」

「……ふむふむ、ですがこの作戦、中々悪くないのではありませんか？　ロイド様が目立ち過ぎるという欠点はありますが」

「うん、いいかもな」

確かにこの作戦は俺が注目を浴びてしまうが、魔術師として目立つ類いのものでもないし、許容範囲と言えるだろう。

それに俺が堂々と戦場を見て回れるというメリットもある。

「マルスの提案通り、この作戦なら不利な状況もひっくり返せるかと」

「あぁ、試す価値はありそうだ」

何より、こういう面白い魔術の使い方は大歓迎である。

そうと決まれば話は早い。俺はマルスの指示の通り動き始めるのだった。

「しっかし、一向に敵の数が減らんのー」

とある戦場にて、クルーゼがぼやく。

周囲には兵たちと、自分たちが打ち倒した魔物の死体が転がっており、その向こうには更なる魔物の群れがどんどん押し寄せていた。

「倒しても倒しても湧いてきますね。ウンザリしてきますよ」

クルーゼの言葉に、傍で戦闘中の副隊長ケインが答える。

「あのタオとかいう少女に習った技、『魂撃』と言いましたか。あれで大分マシにはなりましたが……」

魔物を転ばせ、動きを止めた所に放たれる魂撃。

魂の器を破壊し、死霊魔術による復活を封じたケインは剣を引き抜いてまた戦闘を再開する。

現在、隊の者たちは二人一組で魔物を倒して回っていた。一人が動きを止め、もう一人が確実にトドメを刺す。

ケインを始めとする熟練の兵でようやくその作業を一人でこなせている。結果、戦闘時間は大幅に増えざるを得なかった。

「うむ、この技は集中力を必要とする。お主らでは乱戦になると上手く決められまいよ」

のんびりとした会話をしながらも、クルーゼは突進してくる魔物に直接魂撃を放つ。

その攻撃の悉く(ことごと)が魂撃、全ての魔物を一撃で屠るクルーゼにケインは呆けた顔で尋ねる。

「……流石はクルーゼ様、全く苦になさらない、と」

「多少は面倒なんだがの」

軽い口調で返しながら敵を貫くクルーゼ。

本当に多少なのだな、とケインは苦笑する。

豪胆な戦いぶりを見慣れたケインにとっても、普段と同様に見えた。

「む、流れが変わったかの……?」

ふと、クルーゼが天を見上げながら呟く。

「……ふむ、どうやら仕掛け時のようじゃ！　皆の者、続け、続けーい！」

そしてケインが首を傾げるのを見向きもせず、馬を走らせ始めた。

「ク、クルーゼ様⁉　深追いは禁物では⁉」

「いいから来い。はようせんと置いていくぞ！」

「ちょ……あぁもう！　動ける者はついて来い！　残りは後方へ下がり他の部隊と合流せよ！」

「ハッ！」

咄嗟に指示を出し、馬に跨るケイン。

全くじゃじゃ馬姫だな、とぼやきながらもその表情はどこか嬉しそうであった。

「ん、あれは一体……？」

クルーゼの向かう先、その遥か上空には人影のようなものが浮かんでいる。

はて、と首を傾げながらもケインは馬を走らせるのだった。

上空に浮かぶ人影を見つけたのは大陸門に陣を置いているシュナイゼルもだった。

一瞬驚いたように目を丸くするも、すぐ何かを察したようにふむと頷き、考え込む。

「た、大変ですシュナイゼル様！　敵がいきなり浮き足立ち始めました！」

慌てて駆け込んでくる兵士を見て、シュナイゼルは「だろうな」と呟く。

「何が起きているのかはわかりませぬが、またとないこの好機！　如何致しましょう！」

「兵を動かす」

「ハッ！　では陣形を組み直し、今のうちに守備を固めて……」

「いや――」

短い言葉で遮ると、シュナイゼルは目の前の地図に視線を落とす。

そして徐に手に取った駒を動かした。

「先行していた別働隊に増員しろ。それに弓兵を用意しろ。各々千人ずつだ」

「増員ですか⁉　しかも防衛ではなく、そのような部隊を何故今……」

「急げ」

「は、ハハァッ！」

シュナイゼルの命を受け、兵は頭を下げると伝令へと走る。

それを見送ると、また空を見上げる。

「五年前、帝国で生まれた幻の策か……ふっ、よかろう乗ってやる」

シュナイゼルの独り言は、兵たちの喧騒にかき消されていった。

「うはー、これは壮観だなぁー」

眼下に広がるのは見渡す限り人と魔物の入り乱れる戦場。

その遥か上空を俺は『浮遊』にて飛行していた。

「どうやら作戦は上手くいってるようですな」

グリモが下を見ながら言う。

上空百数十メートルを浮かぶ俺を追いかけるように魔物の大群が集まってきていた。

「恐ろしい勢いで集まってきますね。そこまで腹を空かせていたのでしょうか」

「まさに効果は抜群ってやつだな」

ジリエルの言葉に頷く。俺の手からは幻想系統魔術により作り出した大量の食べ物がもっさりと生えていた。

マルスの立てた作戦というのはこうだ。「ロイド様、食料をぶら下げて魔物の群れの上空を飛び、ここから離れるのです。魔物も生物、当然食料を必要としますがこれだけの数の魔物がいれば、それを賄う食料を調達するのは困難。大暴走の通り道には草の根一つ残っていませんでした。つまり現状、それだけ困窮しているということです。今や彼らが狙っているのは門ではなく、その奥にある大量の食料なのですよ。故にロイド様、奥から食料を持ってきて、それをぶら下げてお飛びなさい。なーに安心召されよ。我ら全力を以てロイド様をお守り致します」

……そんなわけで俺は大量の魔物たちを惹きつけるべく、肉にフルーツ、野菜にパンケーキとウケが良さそうな食料を生み出したというわけである。

んー、いい匂いだ。多少パンケーキ分が多くなったのはご愛嬌。

「しかし幻想系統魔術で生み出したものはあくまで幻、にもかかわらずこれだけの質感、匂いを放つとは……とんでもねぇイメージ力だぜ」

「魔力の性質変化も混ぜているのですね。舐めてみると味すら感じられる。門の周囲に煙を焚かせて匂いを遮断したことで魔物も大分引きはがせましたね。流石はロイド様です！」

グリモとジリエルの言葉をかき消すように、俺のすぐ横を何かが通り過ぎた。

「ギャアアアアア！　ギャアアアアア！」

けたたましく奇声を上げているのは大鷲の魔物だ。周りには空飛ぶ魔物の大群を率いている。

「うおっ！　ダイガルーダですぜ！　空の覇者と呼ばれるボス級の魔物だ！」

「ロイド様は両手が塞がっておいでです！　ここは私が！」

飛び出すジリエル。続いてグリモも出てきた。

「おいおい、こんな雑魚相手に点数稼ぎかよ。テメェはすっこんでろ。俺がやる」

「何だと⁉　貴様こそ引っ込んでおけバカ魔人」

「言わせておけばクソ天使がよぉ！」

何でもいいが襲ってきてるぞ。まぁ俺の結界に当たれば勝手に倒してしまうだろうが。

そんなことを考えていると、突如ダイガルーダの巨体が消し飛んだ。

「な……一体何が起こったんだ⁉」

「向こうから何かが飛来したように見えましたが……」

驚くグリモとジリエル。向こうっていうと、大陸門の方だ。

俺が視線を向けると、更にそこから何かが飛んでくる。

「ギィッ⁉」

「クルルゥ⁉」

悲鳴を上げながら魔物たちが落ちていく。

ひょいっと手を伸ばして飛んできたものを掴むと、それは矢だった。

この矢、というか弓術はもしかして……飛んできた方角を『遠見』で見ると、やはりというかそこにいたのは弓を携えたシルファだった。

「ラングリス流弓術、鷹翔(たかと)び」

唇が動いたのを読む。

ラングリス流は武器を選ばない。飛んでいる魔物を射落とすくらい、シルファには訳もないことだろう。

「だがいくらシルファでも、あんな遠くからボス級の魔物を射貫けるものだろうか……ん？　あの弓は……」

シルファが持っている弓には見覚えがある。以前冒険者ギルドに行った時、壁に飾っていたものだ。

確か名は蒼穹(そうきゅう)の狩弓。伝説の冒険者が使っていた弓で、一キロ先の飛竜をも落とすというすごい武器だとかなんとか、カタリナが自慢していた気がする。

「次」

シルファが手を出すと、傍にいたカタリナが震える手で新しい矢を渡す。

「シ、シルファさん、その青銀の矢はとってもとっても貴重なんですからねっ！　あまりバシバシ撃たないでくださいねっ！」

この矢、魔剣と同じような術式が編み込まれているな。

遠くの獲物をも狙えるように、速度や威力、射手の身体機能も上昇させているようだ。

一本一本がかなりの金と手間がかかっているのだろうが、シルファは構わずバシバシ撃っている。

それを見てカタリナは半泣きだ。

「次」

「あはははは！　もーいいです！　いいですともヤケクソです！　その代わりロイドさんを冒険者ギルドにぃぃぃ――――っ！」

「次」

次々と受け取る矢をでたらめに放つシルファ。

あれはラングリス流弓術、乱鳥豪雨だ。

威力、精度よりも速度を優先し、連射によって矢の雨を降らせる技だ。

尤もシルファの技量を以てすれば威力、精度も十分なようで、魔物のみを貫いている。

降り注ぐ矢の雨が終わって、気づけば空の魔物は全て撃ち落とされていた。

「ご安心なさって下さいロイド様、一匹たりとも近づけさせは致しません」

相変わらず頼もしいことである。

結界があるから問題ないとはいえ、鬱陶しいのは確かだったからな。

そして鬱陶しいといえば、下にいる魔物たちもだ。

俺の幻想魔術で作り上げた食料に集まってきた魔物たちは今や夥しい数になっており、互いの背に乗り重なるようにして俺に手を伸ばしてくる。

うーんキモい。ここ目掛けて思い切り魔術を撃ったら気持ちいいだろうなぁ。目立つからやらないけどさ。

「しかしこれだけ魔物がいて蹴散らせないのは歯痒くもありますね。シルファたんの矢もここまでは届かないですし」

「おぉ？　また向こうから何か飛んで来やがるぜ？」

ひゅるるるる、と間延びした音と共に飛来するそれはシルファの矢よりも随分遅く、しかし遥かに大きい。

どぉん！　と爆発音が鳴り響き、火柱が上がった。

あれはディガーディアの砲撃だな。地面は抉れ、吹き飛ばされた魔物が上空の俺を掠める。

「おおっ！　あの巨大ゴーレムの砲撃か！　近くで見ればすげぇ威力だ。魔物どもも固まっているから面白いように殲滅出来てやすぜ！」

「それにしても時折妙な砲弾が混じっていますね。粘液や毒らしきものを撒き散らしているように見えます」

「あれはガリレアたちに魔力を込めさせた特殊弾だ」

ガリレアの蜘蛛糸、レンの毒、クロウの呪言……質そのものを変化させた魔力を込めることで砲弾に特殊な効果を付与させたのである。

以前から試しはしていたが、機会がなくて使えなかったんだよな。ようやくお披露目ってところか。

ふむふむ、結構いい感じじゃないか。

「おおっ！　いい具合に敵の動きが鈍ってやすぜ！」

「しかし弾数自体はあまり多くないようですね。数がまばらだ」

特殊弾の製作は普通の弾丸より、かなりの手間と金がかかるからな。

それに物体に魔力を込めるのは、慣れてない者にとってはかなり大変だ。皆の特殊弾は十発もないだろう。

今撃っているのが恐らく最後の一発だろう。さーて、誰の特殊弾かな。

ひゅるるる、と風切り音を鳴らしながら飛んできた弾丸が俺の真下に落ちた。その直後、ずどぉぉぉぉぉん！　と一際大きな爆発音が響いた。

俺の身体がその煽(あお)りを受けて大きく揺らぐ。見下ろすと着弾地点には巨大なキノコ雲が立ち昇っている。


「ななな、なんだぁあの威力⁉　近くにいた魔物どもが壊滅しちまったぞ⁉」

「今の弾丸、一体誰が魔力を込めて……あ」

グリモとジリエルが一斉に俺を見る。失礼な奴らだな。……いやまぁ御察しの通り俺なのだが。

今思い出したが実験の際に一発だけ特殊弾が余ったので、折角だからと許容量限界まで魔力を込めてみたのである。

すっかり忘れていたが、ここまでの威力とは思わなかったな。何か事故でもあって城で爆発したら偉いことになっていたぞ。

「あんな小せえ弾丸に収めた程度の魔力で、あそこまでの威力を出すとは……やはりロイド様が普通に大規模魔術でも撃ってた方が早く終わったんじゃねぇですかね？」

「いや、ロイド様があの数の魔物に最初から大規模魔術を打ち続ければ、山河は消し飛び、大地は捲れ上がる大災害に発展するのは必至！　それを防ぐべくこの状況を作り出し、最小限の犠牲でことを収めたのでしょう。見事という他ありません」

グリモとジリエルが何やらブツブツ言っているが、俺はふとした疑問に首を傾げていた。

俺の幻想魔術で作り出した食料は確かにかなりの力作だが、所詮はニセモノ。

大陸門の周囲には山々があり、そこには食料だってあるのに何故ここまでの数が集まってきたのだろうか。

「ん？　よく見ると山が赤い……？　いや、燃えているのか」

しかも一つではない。見える山全てがだ。

火を付けて回っているのはシュナイゼル隊の兵のようだ。

俺の動きを察して合わせてくれたのだろうか……いや幾ら何でも早すぎるだろう。

最初からここまで想定していないと、こうも素早くは動けないはず。

さっき大陸門でとにかく耐えるよう言っていたのは、これを狙っていたのだろう。

すなわち山を焼き、食料がなくなった魔物たちを順次撃破していくと。マルスはその策を察したからこそ、俺に動くよう作戦を出したのか。

シュナイゼルはその動きをいち早く察知し、動いたと。

さらに言えばクルーゼが率いている部隊も俺から離れて他へ行こうとする魔物たちを抑えるように動き、バラけないようコントロールしてくれていた。

戦場全体を俯瞰(ふかん)してみる目がなければ不可能な芸当である。俺も上空から見ているからわかるが、あんな平野で、しかも前線で戦いながらよくわかるもんだ。

全くこの人たちはすごいというか理解不能なレベルだな。

一仕事終えた俺は大陸門へと帰ってきた。

大半の魔物は倒したが残りはまだ暴れ回っており、兵たちはそれを倒すべく奮闘中である。

とはいえ大勢は決したか。後はシュナイゼルの仕事だろうと皆の元へ降り立った。

「ロイド様ぁっ！」

と、同時にシルファに思い切り押し倒された。

「ああっ！　ロイド様、よくぞご無事でございました！　本来であれば魔物の大群の囮になるなどという危険極まりない策は決して許しはしないのですが、この状況をひっくり返すにはどうしても、と……お叱りは幾らでも受けます！　どうかお許しを……！」

「いや、それより離して欲しいんだけれども……」

ギリギリとすごい力で抱きしめられており、抜け出すことが出来ない。

シルファはハッと我に返ると、慌てて俺から離れて咳払いをした。

「こ、こほん。これは大変失礼を致しました……」

「まぁいいけどさ。というかマルスが酷いことになっているね……」


立ち上がり埃を払っていると、シルファの手にした縄の先にはぐるぐるに巻きつけられたマルスがいた。

「ええ、無茶な策を立てたのですから、もし万が一ロイド様に何かあった場合責任を取らせませんと。けして逃げられないようにこうして縛っていたわけです」

「いやぁ見事でしたロイド様。私としても無事に策が成って本当によかったです。はは、

「ははは……」

乾いた笑いを浮かべるマルスの顔には何度もビンタをされた跡が残っていた。

かなりひどい目にあったようである。悲惨だ。


「縄を解いてやれ。シルファ」

声と共に現れたのはシュナイゼルだ。

「シ、シュナイゼル様……はっ、直ちに」

慌てた様子で縄を切ると、シルファは恭しく頭を下げた。

「元帝国軍師、マルスだな？」

「これはこれは、シュナイゼル様、ご機嫌麗しゅう……」

同様に頭を垂れるマルスにシュナイゼルは歩み寄る。

「世辞めいた前置きは好まぬ。本質を見誤るからな。それより先刻の策、五年前に帝国を襲った大暴走（スタンピード）を退けたものだな？」

「建て前は大事でございますよ。本質を見て頂くにはまず外見から整えませぬと」

「む……」

にっこりと笑みを浮かべるマルスに、シュナイゼルは口篭る。

あのシュナイゼルに軽口を返すとは、かなりの豪胆さだ。

「失礼を致しました。そしてお見事と言う他ありませんな。流石はシュナイゼル様、他国の事情にまで精通しておられる。まぁでなければこうもぴたりと合わせるのは不可能だったでしょうが」

「知らいでか。あの悲劇を」

「……っ」

シュナイゼルの言葉にマルスは一瞬悲しそうな顔をした。

なんだなんだ？　帝国を襲った大暴走（スタンピード）？　それに悲しげなマルスの顔、一体どういうことだろう。

不思議がっていると、後ろから声が聞こえてくる。

クルーゼだ。俺の横に立つと説明を始める。

「五年前、丁度今のサルームのように帝国を大暴走（スタンピード）が襲ったのじゃよ」

「それって……」

「うむ、マルスが帝国を去った原因はその戦いにある。その時の大暴走（スタンピード）は規模こそ小さかったものの、帝国は領土が広く守り切れなかった小さな村々には相当な損害が出とった。我らも何度か援軍を出したものじゃ」

「その指揮を執っていたのがあのマルス、というわけですか」

無言で頷くクルーゼ。サルームは大陸門があったからよかったが、それがなかったら魔物たちが領地内に広がり、どうにもならなかっただろう。

「マルスはようやっておったよ。じゃが魔物は広範囲に広がり八方ふさがりであった。そこで立てたのが寄せ餌の計、先刻わらわたちが行った策じゃ」

「食べ物で魔物を集めて一網打尽にする、ですね。口振りからすると、失敗したのですか？」

「あぁ、策を掲げたマルスは各地から食べ物を集めさせるよう命じた。しかしマルスの戦い方は大多数を救う為に少数を切り捨てるやり口が多くての、各村々に悪評が立っておったんじゃよ。そのせいで食料が集まらず計画は頓挫、食料を隠し持っていた村々は魔物の群れに蹂躙され、とてつもない被害が出たのじゃよ」

民を想ってか、クルーゼが悲しげに目を細める。

食料が各所に散らばっていれば、如何に寄せ餌を使っても魔物を集めるのは不可能だろうな。

「しかし帝国といえば超の付く軍事国家だろ？　いくら悪ぃ噂を聞いたからって、たかが村人が食料を隠し通せるものかよ？」

「恐らくマルスの軍師としての競合相手が流布したのだろう。故に村人も見逃して貰えたのだ。若く実力があるマルスは目の上のたんこぶだったのだろうが……村を犠牲にすると は許せん」

ジリエルの言う通り、目立つと必ず足を引っ張ろうとする輩が現れる。

だから俺は出来るだけ目立たないように生きているのだ。うんうん。二人が生暖かい視線を向けて来るが無視だ。

「その後に帝国を去ったということは、被害の責任を取らされた、とかですか？」

「いいや、責任は取らされなかった。マルスの優秀さを上の者は高く評しておったからの。実際マルスは甚大な被害を出しながらも、帝都が襲われる前に何とか大暴走(スタンピード)を制圧した。その後、自らの失態を償うべく被害にあった村々の復興をやらせて貰えるよう王に頼んだのじゃ」

へぇ、立派だな。自分の失敗でもないのに、そこまでやるってのは中々出来ることじゃないぞ。

「しかし王はそれを断り、復興などしている暇があれば新たな領地を奪って来い、などと言いおってなぁ……呆れたマルスは部下を引き連れ、帝国をおん出てきたというわけじゃ」

やれやれとため息を吐くクルーゼ。

なるほど、そんな過去があったのか。戦いが嫌になるわけである。

「それにしてもやたら詳しいですねクルーゼ姉さん」

「まー奴とは戦場で何度も顔を合わした仲じゃからのう。互いに名は知れとるし、噂は千里を走ると言う」

ということはシュナイゼルもそれを知っていたからこそ、今回の作戦も合わせられたのだな。

将軍同士の繋がりってやつか。そういえばさっきからシュナイゼルとマルスは仲良さげに話している。

マルスは俺の下についてくれると言っていたが、シュナイゼルらと一緒にいた方がいいのかもしれない。

「しかしシュナイゼル殿下におかれましては本当に見事な手腕でございました。兵の信頼、そして将の強さがあるからこそ、此度の大暴走(スタンピード)を止めることが出来たのでしょうな」

「……皆に助けられてばかりだ。そう上手くはいかん」

「そういうところですよシュナイゼル殿下。全く、嫉妬してしまうじゃありませんか」

苦笑するマルスをシュナイゼルはじっと見つめた後、手を差し伸べる。

「マルス、貴様はロイドに仕えることにしたのだったな。それを承知で尋ねるが、よければ俺の元に来ないか？」

「折角ですが」

　そう言って首を横に振るマルスに、

「そうか」

　とシュナイゼルは短く答える。

　二人の会話はそれで終わった。俺は戻ってきたマルスに小声で尋ねる。

「なぁマルス、俺の元についてくれるのはありがたいけど、行きたいところへ行っていいんだぞ？」

　というか大暴走（スタンピード）が終わった今、軍師の仕事なんてないので正直言うと持て余してしまうのだ。

　マルスはあまり魔術に詳しくなさそうだしなぁ。悪いがやってもらうことはないのである。

　だがマルスは俺の問いに苦笑しながら答える。

「ふふ、もしや先刻のシュナイゼル殿下のお言葉を気になさっているのですか？　心配には及びませんよ。あれは殿下なりのポーズです」

「どういうことだ？」

「何処の馬の骨かわからぬような私がロイド様の軍師をしていると、兵から非難の声が上がるでしょう？　ですが殿下と仲良さげに話をし、部下にも誘われれば私の格も上がる。そうなればロイド様の下についても文句は出まい、というわけですよ」

確かにマルスを入れるかどうかでシルファたちから不安の声は上がったくらいだし、何も知らない兵たちの前ではもっとだろう。

あまり処世術めいたことは得意じゃないからな。全然気にしていなかった。

「シュナイゼル殿下はあくまでロイド様のことを考えておいでなのです。……それにトボけてはいますが、恐らくロイド様は私の策に初めから気づいていた。でなければ餌に釣られない不死種族を倒し、門から離れた山の魔物を倒しにはいかないでしょう。あれだけの魔術師でありながら、私やシュナイゼル殿下をも超える軍略の手腕。全く以って面白い方ですよ。ふふふふふ」

何やらブツブツ言いながら微笑を浮かべるマルス。

だがよく考えたらそんなすごい軍師が俺の下に来たってことになり、余計目立ってしまうんじゃないだろうか。

むぅ、俺の為を考えてくれるなら、やはりシュナイゼルにはマルスを引き取って貰った方がありがたかったぞ。

そんなことを考えていると、いつの間にか傍にいたクルーゼが俺の頭にポンと手を載せる。

「なーにを難しい顔をしとるか。真面目なお主のことじゃから自分だけが贔屓されているのでは、なんて考えとるんじゃろう。ほれ、あれを見てみよ」

そんなことは微塵も考えてないが、と思いつつも言われた通り眼下を見る。

魔物たちと戦う兵の中、ひと際大きな声が響く。

「何をしている！　まだ戦いは終わってないぞ！　今から掃討戦を開始する。この地に魔物どもを一匹も残すな！」

声の主はアルベルトだった。それに呼応するように兵たちが剣を掲げる。

「うおおおおおおお！」

アルベルトの檄を受けた兵たちは、先刻までの疲弊した顔はどこへやらといった具合に意気揚々と魔物の群れに突撃していく。

それを見下ろしながら、シュナイゼルが安堵したように息を吐いている。

「クルーゼ姉さん、これって一体……？」

「シュナイゼルは此度の戦の仕上げをアルベルトに務めさせようとしとるんじゃよ。ほれ、あやつは口下手の上に無表情であろう？　兵たちから不気味がられることが多くてのう。将としてならまだしも、王となるには強面過ぎる。その点アルベルトは口も上手いし、愛嬌もあるからの。アルベルトを次期王座にと思っておるからこそ、今のうちに兵たちの心を集めさせておるんじゃよ」

言われてみればシュナイゼルは多くの人たちに怖がられているように見えるかもしれない。

逆に人当たりのいいアルベルトは多くの人に好かれているだろう。

「それにアルベルト自身も次期王座への意欲が高いしの。シュナイゼルは此度の戦いでそれを優位に進められるよう、色々動いておったのじゃ。もちろんゼロフやディアン、他の弟妹たちの為にも。それが長兄である自分の使命だと思うとるんじゃろうの」

「喋りすぎだぞクルーゼ」

いつから聞いていたのか、シュナイゼルが顔をしかめながらクルーゼを睨む。

「おおっと、これって内密の話じゃったかの？」

「……まぁ別に隠しているわけでないがな」

慌てて口を噤むクルーゼを見て、シュナイゼルはため息を吐いた。

「クルーゼの言う通り、俺は王よりも将として国を守る方が性に合っているだけだ」

シュナイゼルはそう言うと、どこか照れ臭そうに目線を逸らした。

それを見たクルーゼは俺の耳元で囁く。

「シュナイゼルが戦場に立つ理由はおぬしら弟妹たちが不自由なく生きられるようにする為なんじゃよ。二十年近く前……まだアルベルトが小さな頃はこの大陸もきな臭くてのう。わらわたちでこの国の平和を守り抜こうと誓ったものじゃよ。これから生まれてくる弟妹が好きなことをして生きられるよう、それが長兄としての自分の役目だ、とか言ってのう。いやいや、見かけによらず熱い男よ」

うんうんと頷くクルーゼ。

そういえば前世でのサルームはちょこちょこ戦争があったっけ。二人の獅子奮迅とも言える戦いぶりは前世での俺の耳にもよく届いていた。

そうか、二人が頑張ってくれたお陰でこうして俺や他の兄姉たちが好きなことに打ち込めているんだな。

「……ありがとうございます。シュナイゼル兄さん。クルーゼ姉さん」

「よせよせ、恩に着せるつもりで言ったわけではないぞ」

「うむ、兄が弟たちの為に動くのは当然のこと。……それに、我らも存外好きなことをやっているのだ」

シュナイゼルはそう言って口元を僅かに緩める。

それはシュナイゼルが俺に初めて見せた笑みだった。

「……だが今回の戦、まだまだ詰めは甘かったな」

「うむ、もっと被害を少なくすることも出来たじゃろう」

「これも全てロイドという戦力を見誤ったせいだな。十分高く評価したつもりだったが、まだまだ足りなかったらしい。俺の副官辺りに加えていれば……ふっ、俺もまだまだ見る目がないな」

「おいおい、わらわの方が上手く使うぞ？　ロイドを我が隊に加えていれば、一軍でこの大暴走（スタンピード）を蹴散らせたわ」

シュナイゼルとクルーゼは何やら言い合いながら俺を見てくる。

一体どうしたのかよくわからないが……ともあれ無事に終わってよかったといったところか。

こうしてサルーム王国を襲った大暴走(スタンピード)事件は幕を閉じた。

懸命に戦った兵たちには等しく恩賞が授けられ、それを率いた将たちもまた地位を上げたのである。

大暴走(スタンピード)の通り道にあった村々には補償金が出て、住んでいた人たちはもう新たな暮らしを始めているとか。

ゼロフたち参加した兄姉たちにはシュナイゼルがそれぞれ好みそうなものを渡していた。なおその情報源は俺である。

シュナイゼルとクルーゼは戦後の処理をアルベルトらに任せ、すぐ前線へと戻るらしい。

どうやら大暴走(スタンピード)の間、何度も前線から手紙が送られてきたとか。

シュナイゼルに至ってはこちらの対応をしながらも、遠く離れた場所から指示を出していたそうだ。

うーむ、どんな頭の構造をしているのだろう。とんでもないな。

「また帰ってくる。その時までにこれを熟読しておけ」

シュナイゼルから渡されたのは、マルスと二人で書いたという兵法書だ。

……でもなんで兵法書？　俺は魔術書の方が嬉しかったんだけどなぁ。

俺がつまらなそうにしていたのに気づいたのか、シュナイゼルは新たな本を渡してくる。軍事魔術の書だ。

「……そう残念そうにするな。これもやろう」

「わあっ！　本当ですか⁉」

俺が喜ぶのを見て、シュナイゼルは何故か悲しそうな顔をしている。

一体どうしたのだろう。まぁ魔術書をたくさん貰えたし、別にいいか。

「ほほう、良い物をくれてやったのうシュナイゼル。ではわらわからはこれを授けるとしよう」

クルーゼから貰ったのは、裏ラングリス流指南書と書かれた書物だった。

「これはマルクオス騎士団長とわらわで作った愛の結しょ……うおほん！　ラングリス流の！　……その中でも危険度や難易度が著しく高いことから裏技としたもののみを記した裏本じゃ。表を知り、裏を知り、そして真に至る……物事とはそういうものじゃ。今のおぬしならこれを渡しても平気じゃろうて」

途中で妙な言葉が聞こえた気がするが気のせいだろうか。

うーん、正直剣術には全く興味はないんだよな。あとでシルファにでもあげよう。

「それにしてもクルーゼ様はすごいあるな！　いい手合わせになったよ」

クルーゼとの約束の手合わせを終え、タオが満足そうに笑っている。

二人の戦いはそれはそれはすごいもので、兵たちの盛り上がりもすごいものだった。

ラングリス流拳闘術、シルファにもそこそこ習ったが、クルーゼのは桁が違う。しかもまだ本気ではなさそうだったし、タオも舌を巻いていた。

「お主こそいい腕前じゃったぞタオとやら。うちの兵として欲しいくらいじゃ。わっはっは」

「誘いは嬉しいけれど、やめておくある。アタシは生涯武術家あるよ」

「ふっ、残念じゃが仕方ないのう」

な、なんて真面目な会話だ……あのタオとは思えない。もう武術一筋で男には興味ないのだろうか。

真っ直ぐな言葉にクルーゼはふむと息を漏らす。

「……そうか。そうじゃの。ではまた会おうぞ」

「あ、ちょっと待つある！」

慌ててクルーゼに駆け寄るタオ。耳元で何かを囁き始めた。

「ところであの仮面の人、かなりのイケメンあるな。アタシに紹介して欲しいある」

「……そうか？　シュナイゼルはかなりの強面じゃぞ。おぬし、変わっとるのう」

「んふふ、最近ストライクゾーンも広がったある♪」

……いや、あんまり変わってないかもしれない。

まぁシュナイゼルの中身は確かにとても格好いいのだけれども。

もしやあれが心眼？　外見だけでなく内面を以て判断する――ってそんな使い方でいいのだろうか。

いいのか。タオだしな。ある意味安心ではある。


「それじゃあロイド様、また何かあったら遠慮なく呼んでくれよな」

「あぁ、助かったよガリレア。みんなもありがとう。マルスたちも気を付けて」

「ご配慮恐れ入ります。ロイド様」

「ハッ、せいぜい楽しませてもらうぜ！」

ガリレアたちはマルスとビルス、山賊たちを連れて帰って行った。

領地にはまだ大暴走(スタンピード)の影響で魔物が散っている。それを排除する戦力はあっても困らないということだ。

「ロイドさん、また絶対、ぜーったいに冒険者ギルドに来て下さいね！」

受付嬢カタリナは何度も念を押しながら帰っていった。

そうまでして俺に冒険者をやらせたいのだろうか。

正直な話、全く興味がないんだけどな。

まぁ、面白そうな依頼があって気が向いたらやってもいいかもしれない。

そんな仕事があったら教えて欲しい、と言っておいた。


そしてサイアスは修行の旅に出たらしい。

あの時、俺が放った血統魔術のせいでサイアスは兵たちに多大な期待を寄せられてしまったのだが、結局それに応えられず帰ってくる頃には信用を失ってしまったとか。

ちょっとかわいそうな事をしたかもしれないな。

「んなことねーですぜ。化けの皮が剝がれただけだ。自業自得ですぜ」

「その通りです。ロイド様が気に病む必要は全くありません」

グリモとジリエルはそう言っているが、貴族であるサイアスは深くプライドを傷つけられただろう。

ま、去り際に「今回は私の負けだったが、次こそは私が勝つ！　首を洗って待っていろ！」的なことを言う程の余裕はあったし、そんなには落ち込んでなさそうだったな。

いつの間に勝負をしていたか疑問だが。

恐らくこの旅ですさまじい修行を行い、帰ってきたら驚くほどの魔術を身に付けている可能性もゼロではないか。

俺が知らない未知の魔術とか。覚えて戻ってきたらいいなぁ。期待して待っているとしよう。うんうん。

と、そんな感じで色々終わって落ち着いた頃。

俺はとある場所に足を踏み入れていた。

サルームから遥か北、大暴走（スタンピード）の発生地点と言われながらもあまりに遠すぎる為、調査を断念されたその場所である。

「うー、ぞくぞくするような冷気を感じやすな」

「えぇ、まるで地獄の階段を降りていくような感覚です」

そこにはダンジョンがあった。

狭く、しかしとてつもなく深いダンジョンの階段を俺は降りていく。

「それにしても前に来た時はこんなのなかったけどなぁ」

「以前にもここを訪れたことがあるんですかい？」

「うん、五年くらい前だったかな。その時は何もないだだっ広い平原だったから、問題ないと思ったんだけどなぁ」

「またロイド様が何かやらかしたのですか……」

グリモとジリエルがドン引きしている。

いやいや、まだ俺のせいと決まったわけじゃないだろう。

……その可能性が高いのは否定しないけどさ。

「五歳って……んなちっちぇ頃から無茶苦茶してよぉ。子供なら子供らしく人形遊びでもしといてくだせぇ」

「まぁ前回のホムンクルス騒ぎもある意味人形遊びといえなくはありませんでしたが……おっと、最下層に着いたようですよ」

そこにはダンジョンのボスの住処を示す大扉があった。

「しかし魔物が全くいやせんでしたな」

「あの大暴走で全部だったのでしょう。ということはこのダンジョンを潰してしまわねば、またあれが起こるということですね。……それにしても何という巨大な扉でしょうか」

扉は見上げるほどに大きい。

ボスの強さは扉の頑強さに表れるとカタリナから聞いたことがある。

三メートルを超える扉には絶対入ってはいけないとか言っていたか。

この扉はゆうに五メートルはあるな。


「ま、入るわけだけど」

ここまで来て引き返すなんて選択肢があるはずがない。

シルファとアルベルトが長時間席を外す日なんてそうそうないからな。

というわけで俺は扉を開けて中に入る。

ずずん、と扉の閉まる音が響く中、仄暗い広間の最奥にいる何かが動く。

骨を重ねて作られた不気味な椅子、そこに座っているのはローブを纏った人骨だった。

「こいつは……スケルトンですかね？」

「ただの、なはずはないでしょう。しかしこの凄まじいまでの魔力、どこかで憶えが……」

首を傾げる二人だが、俺には思い切り心当たりがあった。

「あちゃー」

それを見た俺はぺちんと額を叩く。

ボロボロのローブ、千切れて体をなしてないシャツ、擦り切れたブーツ、それらは俺が生前身につけていたものだ。

そう、この人骨は俺の前世での死体が白骨化した姿なのである。

——五年前、死霊魔術を覚えた俺は早速死体を操ろうとして……思い留まった。

いくらなんでも死者の眠りを妨げるような真似は良くないのではないかと。

でも試したい。しかし倫理的には……何度も葛藤した末、自分の死体なら構わないだろうという結論に至ったのだ。

さっそく自分の墓を見つけて掘り返し、白骨化していた俺の死体に死霊魔術をかけた。

本来は死体に残っているはずの魂は既に消失……というか俺の身体に移行しているので、魂を魔術で模造して埋め込んだら無事動き出したのである。

いやぁ、骨とはいえ自分の死体が動いているのを見るのは何とも言えない気持ちだったが、折角の機会なので色々試した。

死霊魔術には操っている死体を強化する魔術も多数あり、片っ端からかけていったのである。

術式を付与して骨自体を強化したり、崩れても自動で再生するようになる闇の衣を纏わせたり、前世での悲願、あらゆる魔術を覚えさせたり……すると次第に勝手に動き出すようになり、気づけば俺の言うことを無視して暴走し始めたのだ。

これはいかんと思った俺は、骨を結界で封じ込めて誰もいない場所——すなわちここまで運んで巨大な穴を掘って埋め、置き去りにしたというわけである。

だがそんな俺の死体がダンジョンを作り、サルームを魔物で襲おうとするとはな。

——いや、狙ったのは俺か。

死霊魔術により蘇った死者は生者に強い執着を持ち、それは自らに近い存在ほど強い。

転生後の自分自身である今の俺を狙うのも道理。となればこのまま放置も出来ないな。

「ア、アアア……」

呻(うめ)き声を上げながら近づいてくる俺の骨(スケルトン)。

「な、なんつー禍々しい魔力……目に見える程の密度ですぜ⁉」

「信じられない……邪神に匹敵する魔力量ですよ⁉　こんなものがダンジョンボスとして

存在しているとは……！」

俺の骨（スケルトン）が腕を振るうと、巨大な火球がずらりと並ぶ。

「『炎烈火球』、上位魔術をあれだけ展開するとは……」

「アァァァァァ！」

ごおう！　と轟音（ごうおん）と共に放たれた火球の嵐を魔力障壁で防ぎ切る。

うん、中々の手応えだ。

才能もなくまともな魔術も使えなかったかつての俺がよくここまで使えるようになったものである。しみじみ。

このまま消すのは簡単だけど、少し惜しいな。

だがこのまま放置するわけにも……うーん。

しばし考えて、頷く。

「よし、決めたぞ」

俺は俺の骨（スケルトン）に背を向けると、閉じた大扉に向けて手をかざし魔力を集中させていく。

「ま、まさかあの扉を破るつもりなのですか⁉　あの大扉は半端な頑強さではありませんよ！　如何にロイド様といえど……」

集中した魔力を凝縮させ、一点に集めていく。

「へっ、何も分かってねぇな。ロイド様の魔力は常識で測れるような次元をとうに超えてやがるんだよ！」

血流に刻んだ術式が唸りを上げ、更なる魔力を生み出していく。

魔力は俺の手で渦巻き、逆巻き、乱れ巻き、そうして一つの小さな魔力球となった。

燃え盛るように赤く染まった魔力球を指で弾く。

「――――『火球』」

それを大扉に向けて放つ。

俺の掌から放たれた炎が大扉に触れた瞬間、じゅっと焼けるような音がして融解した。

扉を突き破ると次は壁に命中し、どんどん融解させていく。

「ななな、なんだこりゃあ⁉　たかが『火球』であのクソデケェ大扉が一秒すら耐えずに崩壊しただとぉ⁉　そもそもボス扉自体、破壊できるもんじゃねぇってのに……常識で測れる次元、その更に上の次元まで超えてやがる……！」

「は、はは、はははは……もう笑うしかありませんね。神界に住まう我が主ですらここまでの力は持ちえないでしょう。流石と言う言葉すら生ぬるい」

二人が半笑いでブツブツ言っている。

ちょっとびっくりしているようだ。

今回の戦い、本気で魔術を使う機会がなかったからな。

折角なので思い切りやってしまったが、自作血統魔術に加え軍事魔術による効率化で総合的に恐ろしい火力になっているようだ。

俺の放った『火球』は大扉の向こうにある壁に大穴を開け、その遥か遥か先……見えなくなるくらい遠くまで貫いている。

うーん、やり過ぎたかな？　まぁ大量の魔力を込めたところで結局はただの『火球』だし、適当なところで止まっているだろう。

「アアアア、アアア……」

その間も俺の骨(スケルトン)は俺に攻撃を続けている。

ここにいる限り攻撃され続けるか。

　俺は攻撃を防ぎながら扉があった場所から外に出た。

　すると俺の骨(スケルトン)は攻撃を止め、俺を見送るように足を止めた。


「ボスは部屋から動けないという縛りを受けているが故にあれだけの戦闘力を誇っていますからね。まぁロイド様の敵ではありませんでしたが……」

「しかしロイド、奴を倒されないのですかい？」

「ん？　あぁ、少し思うところがあってね」

　俺は俺の骨(スケルトン)を一瞥(いちべつ)し、ダンジョンの外へと出る。

　そして入り口を厳重に結界で覆った。


「……ふぅ、これでまた魔物が溢れ、大暴走(スタンピード)を引き起こすことはないだろう」


　あれだけの横穴を掘れば魔物もそう溢れないだろうし、結界で蓋もしたから簡単には出てこれまい。

「なるほど、このダンジョンを丸ごとロイド様のものにしようってことですな」

「その通り」

　また時間が経てば魔物も復活するだろうし、結構強い魔物が沢山いたから色んな実験に使えるだろう。

それを潰してしまうのは惜しいよな。

「これだけ規格外のダンジョン、世界に幾つもありはしないでしょう。それをロイド様お一人の物にするとは……流石と言うかなんというか」

「しかもただの魔術の実験場なんだぜ。笑えねーよ」

呆れた様子のグリモとジリエルを従え、俺はかつての自分を一瞥する。

「それじゃあな」

別れの言葉と共に俺はその場を飛び去る。

いやー、いい感じの実験場が手に入ってよかったよかった。

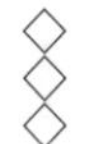

その帰り際、俺は戦場に戻る道中のシュナイゼルらを目にした。

あれだけの戦いのすぐ後だというのに、その行軍は一糸乱れぬ見事なものである。

本当によく鍛えられているのだな。感心しているとグリモとジリエルが顔を出してくる。

「ロイド様、姿を消した方がいいんじゃないですかい？」

「ええ、こんな所を飛んでいるのを兵たちに見られたら面倒なことになるでしょう」

「おっと、そうだったな」

言われて俺は『隠遁者』を使い姿を隠す。

あれだけ頑張って目立たないようにしていたんだものな。

折角の苦労が水の泡になる所だった。危ない危ない。

安堵の息を吐きつつ、姿を消したまま兵たちの上を通り過ぎようとした、その時である。

シュナイゼルが空を見上げ、額に手を当て敬礼の姿勢を取った。

他の兵たちもそれに続き、空を仰ぎ見て敬礼をしてくる。

それらの視線が俺とあったような気がした。


「ま、まさか見えてやがるのか……？」

「あり得ません！　ロイド様の『隠遁者』は完璧、そもそもこんな上空で飛行していて気づくわけが……」

それでもシュナイゼル兵たちは敬礼を続けている。……もしや、マジでバレているのだろうか。

冷や汗を流す俺を見透かすように、シュナイゼルは微笑を浮かべてみせた。

魔力のないシュナイゼルに姿を消した俺が見えるはずは絶対にないのだが……まさか俺の動きが察知されているとか？　全て計算済みだとか？　だとしたら怖っ。


「あまりシュナイゼルとは関わらない方がいいかもな」

いつかボロが出て、俺の実力が知られてしまうかもしれない。

出来るだけ近寄らないのが賢明である。

くわばらくわばら、俺はそう呟きながらサルーム城へと帰還する。

広がる青空の下では人々が戦いの前と同様、普段通りの暮らしを営んでいた。

あとがき

いつもありがとうございます。謙虚（けんきょ）なサークルです。

第七王子五巻お買い上げいただきありがとうございます。

大暴走（スタンピード）編、如何だったでしょうか？


今回は異世界系の定番である大暴走（スタンピード）をやろうと思ったわけですが……いやー、普通にやったらロイド君一人でケリがついてしまうんですよね。巨○兵のビーム並みに一撃で終わりますとも。えぇ。

それじゃつまらないので、色々キャラを出して軍団モノにしようと思ったわけです。

実は一度軍団モノってやつをやってみたかったんです。第七王子はそういう実験場でもあったりします。

そして軍団ということで、今回の兄姉枠は第一王子シュナイゼルと第一王女クルーゼですね。

二人共お気に入りで、特にシュナイゼルはかなり好きなキャラです。

作者は長男なので長男キャラには大分肩入れしてしまうんですよ……でも二人共設定的

にあまり出せるキャラでもないので、基本的には出番は少なそうです。
まぁ重要な場面ではきっと出て来てくれるでしょう。あとは短編とか?
ラストはいつものロイド君って感じで、割と決まってくれたと思います。ひどい話だよ。

最後に、いつも素晴らしいイラストを描いて下さっているメル。さんと、超面白い漫画を描いて下さっている石沢さん、そして読者の方々に厚く御礼を申し上げます。本当にいつもお世話になっています。ありがとうございます。

それでは次巻でまたお会いしましょう。

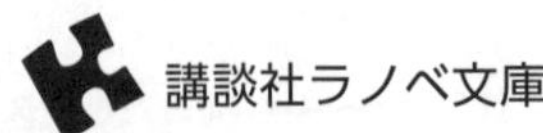

転生したら第七王子だったので、気ままに魔術を極めます5

謙虚なサークル

2022年6月29日第1刷発行

発行者	森田浩章
発行所	株式会社　講談社 〒112-8001 東京都文京区音羽2-12-21
電話	出版　(03)5395-3715 販売　(03)5395-3608 業務　(03)5395-3603
デザイン	AFTERGLOW
本文データ制作	講談社デジタル製作
印刷所	株式会社ＫＰＳプロダクツ
製本所	株式会社フォーネット社

KODANSHA

ISBN978-4-06-528780-4　N.D.C.913　279p　15㎝
定価はカバーに表示してあります